. . . doch bleib ich Dir auf ewig treu!

ungeahnt

Wenn nie die Ahnen ahnen,
wer Ihre Ahnen sind,

dann schenken sie den Enkeln
sich selbst zurück als Kind.

. . . doch bleib ich Dir auf ewig treu!

Ein Art-Therapie Blog

*Wege, Sackgassen und Lösungen
im Labyrinth der Psychotherapie*

Erzählungen aus dem Therapieraum
von
Gabriele Breucha & Anselm Keussen

Impressum

Bibliografische Informationen der Deutschen Nationalbibliothek:
Die Deutsche Nationalbibliothek verzeichnet diese Publikation in der Deutschen Nationalbibliografie; detaillierte bibliografische Daten sind im Internet über ***http://dnb.dnb.de*** *abrufbar.*

Autoren: ***Gabriele Breucha & Anselm Keussen***
©opyright *2024 Dr. med. Anselm Keussen*

Herstellung und Verlag:
BoD - Books on Demand*, Norderstedt*
ISBN: 978-3-7583-8781-4
Als Paperback und als E-Book erhältlich:
https://www.bod.de/buchshop

Fortsetzung Impressum

PS:
In der Kürze liegt die Würze.
*'Fast alle Aufgaben,
die sich in kurzer Zeit lösen lassen,
können auch
in sehr viel längerer Zeit bearbeitet werden.'*

Inhalt

Ein umfangreiches Inhaltsverzeichnis. Aber es gibt Ihnen die Möglichkeit, auch die Unterpunkte direkt zu finden.

Gedichte:

Treu. Ein Vorwort

> *There is more going on in families*
> *than meets the eye.*
> *In Familien passiert mehr,*
> *als auf den ersten Blick erkennbar ist.*
> **Virginia Satir**
> Amerikanische Familientherapeutin

Liebe Leserin, lieber Leser,
hiermit begrüßen wir Sie in diesem Essay über einige hoffentlich innovative Methoden in der heutigen und zukünftigen Psychotherapie, in der psychosomatischen Medizin und in der Psychiatrie.

Zur Struktur dieses Essays: Weil Menschen, die in eine Psychotherapie gehen oder gehen wollen, fast immer auch an inneren Loyalitäts-Konflikten leiden - etwa zwischen einerseits ihren Eltern damals und andererseits ihren Partnern und Kindern heute - ist der Umgang mit diesen, zum Teil sehr belastenden Loyalitäts-Ambivalenzen der PatientInnen eine der zentralen Ebenen in dieser Zusammenfassung anekdotischer Erzählungen aus dem Therapieraum.

Dazu gehört auch dieser merkwürdige Satz zum Thema *'treu und neu'*, den Sie auf der Vorder-, und Rückseite vielleicht schon bemerkt haben.
Aber 'treu' ist doch etwas Gutes, könnten Sie hierzu anmerken.

Und das stimmt natürlich, denn die 'treue Seele' und der 'treue Kerl' sind eben treu, also zuverlässig, loyal in der Partnerschaft und wahrhaftig.

Die konflikthafte Treue-Bindung

Doch diese, an sich so erstrebenswerte charakterliche Treue kann im späteren Leben Probleme bereiten, und zwar dann, wenn sie in der Kindheit und Jugend konflikthaft geprägt wurde.

Bei dieser ambivalenten, oft mit Scham und Schuld befrachteten Prägung entstehen vielfach *pathologische, also krankheitswertige Treue-Bindungen*, bei denen frustrierte, bedürftige und verzweifelte Erwachsene - meist die Eltern, aber oft auch andere aus Familie, Schule, Nachbarschaft oder Kirche - auf Kinder oder Jugendliche oder andere Schutzbefohlene treffen, die dann den Erwachsenen in ihrem Leid 'helfen sollen'.

Und die Kinder und Schutzbefohlenen machen dabei mit, zum Teil aus Unwissenheit, zum Teil aus Faszination über die ihnen zugedachte erotisch-partnerschaftliche Rolle, vor allem anderen aber, speziell zwischen Eltern und Kindern, um die Partnerschaft der Eltern und damit die Familie zu stabilisieren.

In den folgenden Darstellungen einzelner Therapieverläufe, die durch die Erfahrungen mit unseren PatientInnen inspiriert sind, werden wir noch genauer darauf eingehen, wie sich diese Hilfsaktionen für verwirrte Erwachsene im Dauerstress letztlich im späteren Leben der Kinder auswirken.

Eine globale Fehl-Programmierung

Denn diese frühen Traumata des Kindes durch unangemessene Beziehungsangebote übergriffiger Erwachsener stellen eine der schlimmsten global auftretenden Seuchen oder Fehl-Programmierungen dar, an denen die Menschen und die Menschheit leidet, damals wie heute.

Zu diesem Dilemma bringen die folgenden, in allen Personen fiktiven Erzählungen aus dem Therapieraum einige mögliche Lösungsansätze.

Denn diese frühen Verletzungen des Kindes durch übergriffige Gedanken oder Handlungen bedürftiger Erwachsener werden fast immer aufgrund von Scham- und Schuldgefühlen 'vergessen' und in die unbewussten Anteile der Persönlichkeit verdrängt.

Auch deshalb, weil dem Kind häufig gesagt wurde:
'Das darfst Du aber niemandem erzählen, und besonders nicht . . ., denn die würden das nicht verstehen.
Es ist unser Geheimnis!'

Familiengeheimnisse und ihre Folgen

Leider hinterlassen diese Geheimnisse Wunden und Narben in der kindlichen Psyche, die die Fähigkeit zum Du-Sagen, das Teilen von Nähe mit Anderen und speziell das Teilen und Genießen einer frei fließenden und liebevollen Intimität in der Partnerschaft später im Leben sehr erschweren können.

Das Grundwort 'Ich-Du'

'Genau deshalb also, weil ihnen das Grund-Wort 'Ich-Du' im Sinne von Martin Buber weitgehend abhanden gekommen ist, suchen die meisten Leute Hilfe in einer Psychotherapie. Denn praktisch alle Menschen sehnen sich zutiefst nach echtem und gelingendem Du-Sagen, sowohl zu dem großen Du, das die Welt erhält und in unseren Herzen flüstert, aber auch zum Du auf Augenhöhe in einer sich gegenseitig unterstützenden und frei schwingenden Partnerschaft.

Die Arbeit in der Therapie

Dementsprechend ist Psychotherapie in vielen Fällen ein Arbeitsprozess, der es der Patientin oder dem Patienten ermöglichen soll, die Wunden aus Kindheit und Jugend so weit zu bessern und auch zu heilen, dass *anstelle* von symptomatischer depressiver Stimmung, wahnhaften Ideen, Panik-Attacken, Ängsten oder Zwängen schließlich auf allen Ebenen wieder ein echtes, grundlegendes Du-Sagen möglich wird.

Eine ziemliche Herausforderung, bei der wir von Anfang an auch für kleinere Entwicklungsschritte im Therapiegeschehen dankbar sein sollten.

Dies gilt speziell, weil diese genannten *'kriegerischen Konflikte'* in der *Familie, bei denen Erwachsene Kindern 'ihr Eigenes nehmen'* - im Sinne von *Arno Gruen* - die Menschheit bereits seit vorgeschichtlichen Zeiten beeinträchtigen.

Verletzungen über die Generationen hinweg

Denn diese Kaskaden des Übergriffs von Generation zu Generation, meist durch verwirrte Männer, oft aber auch durch einsame Frauen, die innerfamiliären Kriegen gleichkommen, sollten im gesellschaftlichen und historischen Gesamt-Kontext verstanden werden.

Von Krieg zu Krieg

Dabei wird bald sichtbar, dass es die dauernden Kriege traumatisierter und egoman kompensierender Männer untereinander sind, die erst den aggressiven Hintergrund für die 'familiären Kriege' liefern, also für den so häufigen 'Krieg' zwischen Frau und Mann und für den eben genannten 'Krieg' zwischen Eltern und Kindern.

Was bessert und heilt

Verdichtete Darstellungen dieser Zusammenhänge finden wir bereits in den frühen und frühesten Aufzeichnungen und Mythen der Menschheit, wie dem *Gilgamensch-Epos,* der ägyptischen und *antiken Götterwelt,* oder *der biblischen Genesis* mit ihrer Geschichte von der angeblichen Erbsünde und der 'Vertreibung aus dem Paradies'.

Einige mögliche Lösungswege für diesen *'Ärger in Eden'* haben wir in unserem Roman ***'Die Pegasus-Genesis'*** dargestellt.
Siehe *Literaturverzeichnis.*
Dies soll hier jedoch nicht der Haupt-Fokus sein.

Vielmehr konzentrieren wir uns im folgenden Essay auf Methoden der modernen Psychotherapie, die tiefenpsychologische, systemische und verhaltensbezogene Ansätze so integrieren, dass sowohl für *die innere Familie* wie auch für die *äußere Familie* der PatientInnen die zeitgemäßen Entwicklungsschritte angeregt werden können.

Das neue Spiel

Das alte Gewehr lag noch unter'm Tisch
Und dachte: Hier sieht mich keiner!

Da kam ein Wilder, mutig und frisch
Ein wirklich wilder, feiner.

Der hatte mit anderen Wilden beschlossen
Am besten lebe sich's doch erschossen.

Und sie zogen's heraus und fanden ein Ziel -
Dem dann die Wildheit zum Opfer fiel.

Aus der japanischen Zen-Tradition

Die Geschichte beginnt damit, dass ein alter und weiterhin bekannter Zen-Meister von einem Mann besucht wird, der eine Frage hat, die ihn nicht loslässt.

Also wendet sich der **Mann** an den Meister: 'Die Leute reden immer über Himmel und Hölle - und ich frage mich, ob es das überhaupt gibt?'

'Hm,' antwortet der **Meister**. Und nach einer Weile: 'Welchen Beruf übt Ihr denn aus?'

Der **Mann** antwortet: 'Ich bin Offizier in der Armee.'

Darauf der **Meister**: 'Tatsächlich? Aber das muss wohl ein rechter Strohkopf gewesen sein, der Euch zum Offizier ernannt hat! Für meine Augen erscheint Ihr eher wie ein Schlächter im Schlachthof, muss ich sagen.'

Der **Offizier** wurde rot vor Zorn, begann sein Schwert zu ziehen und rief dabei: 'Wie könnt Ihr es wagen! Ich haue Euch in Stücke!'

In dem Moment bemerkte der **Meister**:
'Schaut nur! Hier seht Ihr den direkten Weg zur Hölle!'

Jetzt hielt der **Offizier** inne, lächelte etwas verlegen und sagte:
'Bitte vergebt mir, ich habe mich hinreißen lassen.'

Worauf ihm der **Meister** einen freundlichen Blick schenkte und erklärte:
'Und nun zeigt sich der Weg zum Himmel.'

Der Reigen

Der Blitz der Erleuchtung strahlt jetzt und nie,
das flüstert mir unter'm Tisch Dein Knie . . .

Die kälteste Liebe ist glühender Hass,
so geigt es uns munter der Kontrabass.

Der Zweifel steigt höher, so hoch er nur kann -
doch das leuchtende Dunkel heilt Frau und Mann.

Das Ächzen der Jungen fließt lächelnd im Greis:
selbst mitten im Winter grünt noch ein Reis.

Prägungen in der Herkunftsfamilie

Liebe Leserin, lieber Leser, Sie überlegen, eventuell eine Psychotherapie zu beginnen?
Vielleicht aber auch, selbst Therapeutin oder Therapeut zu werden?
Dann finden Sie hier einige nützliche Berichte und Werkzeuge und aus der Allnacht und dem Alltag der Psychotherapie.

Gut und schön, sagen Sie möglicherweise - aber was ist mit diesem merkwürdigen Satz, von der Titel- und Rückseite dieses Essays?

Was soll das heißen?

'Liebe Mama, das ist zwar nicht neu,
doch bleib' ich Dir auf ewig treu?'
Und:
'Lieber Papa, das ist zwar nicht neu,
doch bleib' ich Dir auf ewig treu?'

Wer will den sowas?

Glaubenssätze kindlicher Treue in Konflikt-Familien
Meist sind es Kinder, die ihre Eltern in Trauer, Streit und Leid erleben, die 'das wollen'.
Denn das Kind versucht, die verzweifelte Mutter oder den entmutigten Vater durch seine Treue und Nähe zu unterstützen, damit die Familie stabil bleibt.

Allerdings hinterlässt diese, häufig viel zu 'unbedingte Treue' des Kindes zu einem frustrierten und bedürftigen Elternteil oft sehr einschränkende, dogmatische Glaubenssätze in der kindlichen Psyche.

'Glaubenssätze', wie etwa:
'Das hier ist ein Dschungelcamp mit Survival-Training - auch wenn sie so tun, als seien sie *Deine Familie*!'

'Nähe und Zuneigung zeigen wir, indem wir uns, manchmal sehr intensiv, streiten und anschreien.'

'Nähe und Zuneigung zeigen wir indem wir uns, manchmal auch länger, vermeiden und anschweigen.'

'Über Körper, Sex, Pubertät und Erotik reden wir entweder nicht, gar nicht oder ganz und gar nicht!'

'Gefühle sind nicht so wichtig; wichtiger sind Verstand und Intelligenz.'

'Wenn es der Mutter oder dem Vater so schlecht geht, muss das Kind helfen - aber niemand darf von dieser Hilfe und Treue wissen.'

'Wenn es dazu dient, die Eltern vom dauernden Streiten oder gar von einer Trennung abzuhalten, muss das Kind in seiner 'Eltern-Treue' noch weiter gehen, etwa indem es körperlich krank oder psychisch auffällig wird.'

Problematische Auswirkungen im weiteren Leben
Und später, im Erwachsenenalter:

'Eine funktionale und glückliche Beziehung in der Gegenwart erscheint *unbewusst* als Bedrohung der primären 'Eltern-Treue', wodurch Störungen in der aktuellen Partnerschaft ausgelöst werden können.'

Wo kindliches Urvertrauen gedeihen kann
Natürlich gibt es auch offenere und liebevolle Familien, in denen die Kinder andere Lebensregeln lernen dürfen. Hier genügt ein Beispiel:

'Die Eltern sind gut miteinander und haben mich lieb. Und ich darf so sein, wie ich bin.'

Allerdings kommen Menschen mit dieser Art von Lebenshaltung oder *Ur-Vertrauen* eher selten in die Therapie.
Stattdessen erscheinen dort meist Menschen in einer belastenden Umbruchs-Situation in ihrem Leben - und häufig mit einer Reihe der vorhin genannten 'Problem-Glaubenssätze' samt 'Eltern-Treue' in der Persönlichkeit.

Selbst in die Therapeutenrolle gehen
Nehmen wir für den Moment einmal an, dass Sie - ja genau, Sie selbst! - die **Therapeutin Cordula** sind, die seit einigen Monaten mit dem **Patienten Ernst** eine tiefenpsychologisch fundierte Psychotherapie durchführt.

Der Patient Ernst

Dabei hatte sie eigentlich mit sich selbst vereinbart, künftig nur noch PatientInnen in Ausbildung, Studium oder mit einem festen Beruf in Therapie zu nehmen.
Dazu hatte sie sich entschlossen, nachdem sie mehrfach erleben musste, wie sehr ein fehlender Job den sinnvollen Fortgang einer Therapie behindern konnte.

Arbeit hat Priorität
Daher riet sie solchen Patienten meist, als Erstes eine passende Arbeit zu finden, um so eine stabilere Basis für eine mögliche Therapie zu gewährleisten.
Auch dem Patienten Ernst hatte sie zunächst ähnliches gesagt. Ernst war Anfang dreißig, solo, hatte das Abitur gemacht, sich dann eine eigene Wohnung gesucht und danach zwei Studiengänge abgebrochen.
Er stammte aus einer einfachen bürgerlichen Familie, als zweites von zwei Kindern geboren, und wurde von den Eltern - neben eigenen Gelegenheitsjobs - finanziell unterstützt, allerdings inzwischen eher ungern.

Eine Ausnahme von der Regel
Aber trotz dieses partiellen 'Nesthocker-Szenarios' nebst fehlender Arbeit hatte die Therapeutin - ihre eigene Arbeits-Regel ignorierend - diesen Patienten mit seiner depressiv-ängstlichen Symptomatik in eine Kurzzeittherapie übernommen, da sie großen Leidensdruck, eine gute teilweise Lebensbewältigung und eine deutliche Veränderungsbereitschaft bei ihm wahrnahm.

Und die von ihm gezeigte Introspektionsfähigkeit, etwa bei der Arbeit mit Träumen, sowie seine ab und zu scheu durchschimmernde Selbstironie, ermutigten die Therapeutin Cordula, dass es dieses Mal anders und besser gehen würde - denn Ernst war sicher talentiert genug für eine passende Arbeit und womöglich auch für die richtige Beziehung?

Erlernte talentierte Hilflosigkeit
Doch schon bald bedauerte Cordula, von ihrer eigenen 'Aufnahme-Regel' abgewichen zu sein. Also von dem Motto: Zunächst die materielle Existenzbasis, und erst dann eine tiefer gehende therapeutische Arbeit mit ihren emotionalen Unwägbarkeiten.

Denn ihr Patient arbeitete bei allem begeistert mit - ob frühere Traumata durch gefühlt abwesende Eltern, ob spätere Beziehungs-Konflikte und Trennungen oder Träume zu seinen Studien-Abbrüchen - aber in seinem realen Leben tat sich über Monate kaum etwas - keinerlei Bewerbungen für eine Arbeit und nur sehr wenige soziale Kontakte.

Für die Eltern da sein
Immerhin war es dem Patienten mit ihrer Hilfe gelungen, eine neue Perspektive einzunehmen, durch die er sehen konnte, dass er seinen entfremdeten Eltern mit seiner 'talentierten Hilflosigkeit' einen wichtigen Dienst erwies.

Cordula fasste es etwa so zusammen:
'Also Ernst, Sie kümmern sich ja richtig um Ihre Eltern - bei all den Gefühlen, die Sie ihnen ermöglichen, auch wenn 'schwierige Gefühle' wie Verzweiflung und Ärger dabei sind!
Ob die - also Ihre Eltern - überhaupt noch klar kommen, wenn Sie keine 'talentierte Hilflosigkeit' mehr anliefern?

Ist eigener Erfolg den Eltern zumutbar?
Können Sie den Eltern Ihren beruflichen Erfolg und eine glückliche Beziehung wirklich zumuten? Wer weiß?

Mit diesen Rückmeldungen erreichte sie Ernst auf eine direktere Art als bisher - und in seinen Träumen wurde das Haus seiner Herkunftsfamilie renoviert, das Ort seiner Kindheit und Jugend gewesen war.

Wer schreibt die Bewerbungen?
Aber erst, nachdem die **Therapeutin** gegen Ende einer ziemlich ruhigen Stunde mitgeteilt hatte, 'dass sie ja nun leider keine Bewerbungen für den Patienten schreiben könne, aber so lange die Sitzungen wie vereinbart stattfinden könnten und sie dabei in Ruhe ihr Geld verdienen dürfe, sei das schon in Ordnung . . .' erst nach dieser sehr deutlichen paradoxen Intervention der Therapeutin begann der Patient, für ihn passende Job-Angebote genauer zu sichten und einige erste Bewerbungen zu schreiben.
Es gab sogar persönliche Vorstellungstermine.
Aber seltsamerweise ohne konkrete Ergebnisse.

Cordula fing an, sich selbst depressiv zu fühlen, wenn sie mit dem Patienten arbeitete oder nur an ihn dachte.

Der Fall Ernst in der Supervision

'Übersehe ich hier irgend etwas?', fragte sie ihren erfahrenen Supervisor, dem sie den Fall vorstellte.

'Denn da sind diese eigenartigen Träume, in denen Ernst träumte, als Kind in der Abstellkammer der elterlichen Wohnung nach Keksen zu suchen, wobei plötzlich sein Vater auftauchte. Je nach Traum fiel dem Vater entweder aus dem Regal ein Hut auf den Kopf - oder der Hut fiel ihm vom Kopf auf den Boden.'

Die Arbeit mit Träumen

Daraufhin meinte der Supervisor mit einem freundlichen Lächeln: 'Wie mir scheint, haben Sie in einer nicht ganz einfachen Situation schon eine ganze Menge erreicht - auch das Geschenk dieser Träume spricht dafür.

Wie sind Sie denn damit umgegangen?

Hatte der Patient Einfälle dazu oder haben Sie eine Probe-Deutung versucht?'

Eine frühe Erinnerung

Cordula: 'Als erstes habe ich ihn nach seinen eigenen Ideen zu den Träumen gefragt. Er hat sich dann an eine 'Keksdosenszene' aus seiner Kindheit erinnert, mit vielleicht vier Jahren, als er unbefugt Kekse stibitzen wollte - allerdings nicht aus der Abstellkammer, sondern aus einem Schrank in der Küche der Wohnung.

Damals wäre er beinahe von seiner Mutter erwischt worden, doch er konnte sich gerade noch im Schrank verstecken.'

Supervisor: 'Ein pfiffiger kleiner Kerl! Aber das ist, salopp geredet, vermutlich noch nicht die 'ganze Miete'.

Oder mit anderen Worten, es könnte eine Deck- oder Zwischen-Erinnerung sein, bevor die wirklich traumatischen Erlebnisse und Erinnerungen kontaktiert und bearbeitet werden können.

Aber was war denn mit der Abstellkammer?'

Ein Treffen in der Abstellkammer

Cordula: 'Mir ist auch klar, dass sich die eigentlichen Themen in der Keks-Erinnerung nur ziemlich teilweise abzeichnen. Und eine Probe-Deutung zum Beziehungsgeschehen wäre hier sicher möglich gewesen.

Denn zu der Bedeutung der Abstellkammer befragt, erinnerte der Patient nur ein 'ziemlich mulmiges Gefühl' und einen Kloß im Hals.

Da dachte ich momentan auch an eine Deutung.

Weil ich aber bei einigen Patientinnen und Patienten feststellen musste, dass auch sehr behutsame Probe-Deutungen manchmal eher zu Abwehr und Widerstand führen können, was die weitere Arbeit sehr erschweren kann, habe ich mich zu einem anderen Vorgehen entschlossen.

Der Minus-Plus-Traum

Supervisor: 'Das hört sich ja spannend an. Wie sah Ihr Ansatz denn aus?'

Cordula: 'Ganz einfach: Wie im richtigen Leben!
Oder anders gesagt: ***Der Minus-Plus-Traum!***'

Supervisor: 'Häh?! Bitte entschuldigen Sie - wie meinen Sie das genau, Plus-Minus-Traum?'

Die tragische Variante
Cordula: 'Oder umgekehrt, wobei ich Ernst gebeten habe, in seinen eigenen Träumen die Regie zu übernehmen und *zwei 'Traum-Film-Varianten'* zu entwickeln.
Als erstes eine *'tragische Version'*, also was passiert in den Träumen, wenn es eher zu Konflikten und Eskalation kommt?
Dazu fand Ernst ziemlich schnell ein Ergebnis: Sein Vater würde bemerken, dass er an die Kekse wollte und ihm vielleicht sogar die Schuld an den fallenden Hüten geben.
Im schlimmsten Fall käme auch die Mutter herbei und würde in die Schimpf-Tiraden einstimmen.'

Eine traumhafte Lösung
Supervisor: 'Ei-ei-ei! Schlimm; aber nah dran, so wie es sich anfühlt. Vielleicht etwas für später. Und gab es noch eine andere Traum-Variante?'
Cordula: 'Ja, ich habe ihn auch nach einer *'traumhaften Lösung'* gefragt. Und in diesem Plus-Traum, den Ernst in der Sitzung imaginierte, blieben die Hüte im Regal, während er und der Vater einige Kekse aus der Kammer mitnahmen, um sie in der Küche mit der Mutter und Ernsts Bruder zu teilen.'

Supervisor: 'Eine *Synopsis* oder Zusammenschau *der beiden Pole des Traums.* Prima!

Sie haben die Gelegenheit, Ihren therapeutischen Ansatz bei Träumen noch einmal neu zu erfinden, gut genutzt. Vielleicht gelingt Ihnen das auch in anderen Bereichen der Therapie?'

Der Patient im Traum der Therapeutin

Für diese Ermutigung war **Cordula** dankbar, aber wie genau sollte es nun weitergehen? Dann hatte sie selbst einen Traum, in dem ihr Patient Ernst einen Picknick-Korb für seine Eltern packte, wobei er einen Hut trug!

Während sie noch über ihren Traum lachte, wurde ihr klar: 'Es ist seine kindliche Treue zu den Eltern.' Die muss anerkannt und integriert werden.

Mal schauen, wie das gehen könnte . . .

Zur inneren Quelle finden

Also nahm sie sich an einem Abend, nachdem die letzte Patientin nach Hause gegangen war, etwas Zeit, um über die weiteren Schritte in der Therapie mit Ernst nachzusinnen.

Sie setzte sich entspannt in ihren Sessel im Therapie-raum. Wie sie es in ihrer Lehr-Analyse und später in der Meditationspraxis gelernt hatte, öffnete sie sich mit dem gelassenen Schwingen ihres Atems für ihr inneres und weiteres Gewahrsein.

Zunächst regenerierte sie sich für eine Weile, inmitten der ruhigen und leuchtenden Dunkelheit ihrer inneren Quelle.

Cordulas Kindheit

Dann tauchten erste Bilder auf, aus ihrer meist schönen Kindheit mit den 'Lehrer-Eltern' und den Geschwistern. Danach sah sie die Schulzeit mit den manchmal heftigen Krisen der Eltern und ihrer eigenen Betroffenheit.

Der Patient Ernst in der Imagination

An dieser Stelle wird auch ihr Patient Ernst sicht- und spürbar, während sie gleichzeitig noch Szenen aus ihrem Medizin-Studium, der Weiterbildung zur Fachärztin für Allgemeinmedizin und aus der Zusatz-Ausbildung zur Psychotherapeutin im Hintergrund sieht.

Auf einmal erkennt sie, wie *Sigmund Freud*, Begründer der Psychoanalyse und eines ihrer großen Vorbilder, in ihrem inneren Bild erscheint und dann auf ihren Patienten Ernst zugeht.
Er ist in Begleitung von *Lou Andreas Salomé*, die in den frühen Jahren der Psychoanalyse Freuds Schülerin war und später selbst als Psychoanalytikerin arbeitete.

Eine Diagnose von Dr. Freud

Freud erläutert nun Herrn **Ernst** seine Bindungen an die Eltern im Sinne einer schizoid-oralen neurotischen Struktur, möglicherweise mit einer ödipal-psychosexuellen Komponente.
'Ja, vielleicht - aber so kann man ihm das doch nicht sagen!,' denkt **Cordula** - und sieht gerade noch, wie Freud sich für einen Moment ihr zuwendet, freundlich lächelt und ihr zuzwinkert.

Ein Gedicht von Frau Salomé

Aber noch bevor sie sich darüber wundern kann, macht nun **Lou Andreas** einen Schritt auf Herrn Ernst zu, der noch mit großem Fragezeichen in den Augenbrauen auf Sigmund Freud schaut. Lou berührt Herrn Ernst mit ihrer Hand sachte an der Schulter. Dann sagt sie leise:

'Manchmal'. Und als Ernst sie anblickt, ergänzt sie:
'Denn wer die Liebe manchmal preist,
ist sicher schon nach Wien gereist!'

Dabei lacht sie ihn schelmisch an und wirft ihm eine Kusshand zu, die von ihm mit einem schrägen Lächeln quittiert wird.

'So was!,' denkt **Cordula** zu ihren inneren Bildern, bleibt aber entspannt und zentriert, während sie wahrnimmt, wie auch Anna Freud, Virginia Satir, Alfred Adler, Carl Gustav Jung und Mara Selvini-Palazzoli - allesamt Vorbilder von ihr - mit ihren Patienten sprechen.

Eine kreative Trance

Aber schließlich rückt eine ihrer Lehrtherapeutinnen in den Fokus, die, ähnlich wie ihr derzeitiger Supervisor, gelegentlich Techniken aus der **Gestalt-Therapie** von **Fritz Perls** nutzte.

Dabei sieht Cordula, wie gegenüber von Ernst ein leerer Stuhl sichtbar wird, auf den ihre damalige Lehrtherapeutin hinweist.

Der Leere Stuhl

'Aha, der 'Leere Stuhl' also. Was vielleicht bedeutet, dass er der Mutter oder dem Vater seine Treue direkt mitteilen soll - die er auf dem leeren Stuhl imaginiert, hier in der Sitzung.

Aber das rationale Reden und die Deutungen haben ihre Grenzen - was soll er denn etwa der Mutter sagen, das ihn in seiner Treue ihr gegenüber bestätigt und entlastet - und dabei gleichzeitig reale Veränderung in sein Leben einlädt?'

Bei dieser Frage sieht sie noch einmal das Lächeln von **Lou Andreas Salomé**, die mit einem 'Pst!' ihre Lippen mit ihrem Zeigefinger berührt.

Ein Retro-Gedicht

'Es sollte vielleicht etwas paradoxes sein,' denkt **Cordula** dazu - und eventuell ein Gedicht, wie vorhin von ihr, nur wieder anders . . . ja, das könnte es sein:

'Liebe Mama, ich bin noch klein,
und bleibe daher für immer Dein!'

'Doch, denkt Cordula, die jetzt allmählich aus ihrer kreativen Trance zurückkehrt, 'das könnte gehen - und paradox ist es auf jeden Fall.

Aber ich bespreche es zuerst einmal in der Supervision nächste Woche.'

Selbst ist die Frau

Dabei fällt ihr noch ein: 'Hm - vorher sollte ich den Spruch aber wohl erst selbst ausprobieren, bevor ich diesen paradoxen Impuls anderen Leuten oder den PatientInnen anbiete. Also gut.

Mit diesen Gedanken steht Cordula auf und geht zu einem Stuhl an der Seite des Therapieraums. Diesen Stuhl stellt sie dann in der Mitte des Raumes ihrem Sessel gegenüber. Nun setzt sie sich wieder und nimmt den leeren Stuhl dabei in den Blick.

Ein Satz für die Mutter

'Ich fange vielleicht mit Mama an, das ist etwas einfacher,' überlegt sie. Dann visualisiert sie ihre Mutter so gut sie kann - so, wie sie sie aus der Kindheit erinnert.
Und dann probiert sie den vorhin gefundenen Spruch aus, erst leise und innerlich, aber dann auch laut ausgesprochen:
'Liebe Mama, ich bin noch klein,
und bleibe daher für immer Dein!'

Nun macht sie eine Pause, atmet und sammelt sich, und spricht den Satz noch einmal aus, mit Ruhe und Kraft.

'OK', denkt sie, 'vor allem ist da Dankbarkeit und Vertrauen zu ihr, abgesehen von einigen Szenen, als ich in der Pubertät war und wir manchmal wegen Outfit, Rocklänge oder make-up etwas heftigere Differenzen hatten - oh-là-là!'

Dann steht Cordula auf, stellt den leeren Stuhl mit einigen freundlichen Worten an ihre Mutter wieder an die Seite des Raumes und wählt dann einen anderen Stuhl, den sie wiederum sich gegenüber stellt.

Zweifel und Unsicherheit

'Ja, der passt besser zu Papa', findet sie, während sie sich wieder setzt. Allmählich beginnt sie, auf dem leeren Stuhl die Umrisse ihres Vaters zu erkennen, während schon der 'klein und Dein'-Satz in ihr hörbar wird.

Doch auf einmal fühlt sie sich mulmig und unsicher. Da ist jetzt ihr toller Vater, der immer alles wusste und konnte - und sie hat nichts Besseres zu tun, als ihm diesen irgendwie kindischen Spruch zu sagen!
Dabei merkt sie, wie eine Mischung von Trauer, Ängstlichkeit und Ärger in ihr aufsteigt.
'So was!,' denkt Cordula, 'dabei hab' ich noch gar nichts gesagt . . .' Und dann: 'Aber wo die schwierigen Gefühle sind, da geht es oft weiter in der persönlichen Entwicklung, heißt es ja immer.

Und ein Satz für den Vater

Also geh'n wir's an!
Und obwohl ihr dabei etwas kühl und beklommen ist, spricht sie den Satz:
'Lieber Papa, ich bin noch klein
und bleibe daher für immer Dein!'
nun laut und deutlich aus, in Richtung auf ihren imaginierten Vater.

Und noch während sie den Satz sagt, fühlt sie, wie ihr die Tränen über das Gesicht laufen.

Die Krisenjahre der Eltern

Da erinnert sie sich: 'Meine Güte! Die Krisenjahre - die hatte ich fast völlig vergessen.'

Damals war sie etwa sieben bis zehn Jahre alt, es war die Zeit der 'geheimen Besprechungen' mit ihrer älteren Schwester und dem jüngeren Bruder, um Lösungen für die Eltern zu finden.

Dem Vater Mut machen

Und sie sieht einige Szenen, in denen sie versuchte, ihren niedergeschlagenen Vater mit einer Umarmung wieder aufzumuntern.

Dabei war sie manchmal, wenn es dem Vater besonders schlecht ging, sogar zu ihrem Versteck mit dem 'Eisernen Bonbon-Vorrat' gelaufen und hatte ihm ein bis zwei von ihren Drops gebracht, vielleicht mit den Worten: 'Auch das Leben kann bald wieder süß schmecken Papa!', was ihm sogar ab und zu half.

Eltern in der Schwebe

Dann traute sie sich manchmal auch, ihn etwas direkt zu fragen: 'Sag' mal, haben Du und Mama - habt ihr Euch eigentlich noch lieb?'

Und **Cordula** sieht, wie ihr Vater sie damals anlächelte und seinen Kopf leicht schräg hielt. Für einen Moment, damals wie heute, hält ihr Atem inne.

Dann hört sie den **Vater** sagen: 'Weißt Du, genau das versuchen wir im Moment herauszufinden.
Und lieb haben wir Euch und uns auf jeden Fall. Aber es ist alles so viel geworden - und über all der Routine und Verantwortung haben wir nicht mehr genug Zeit füreinander gefunden.
Also brauchen wir jetzt einen Neuanfang, darüber sind wir uns auch einig!'
'Neuanfang, Neuanfang, Neuanfang', klingt es dabei in **Cordula** nach.
Zugleich beginnt ihr **Vater** wieder zu reden - zu ihr als Kind damals.

Ein Neubeginn für die Familie
Vater: 'Und vielleicht könnt ihr Kinder uns dabei auch ein wenig unterstützen - etwa ab und zu im Haushalt mithelfen, oder Eure Zimmer aufräumen - und gelegentlich womöglich sogar freiwillig ins Bett gehen, solche Sachen, was meinst Du?'

'Das geht bestimmt!', **sieht sie sich** mit kindlicher Begeisterung antworten, die anderen sind bestimmt einverstanden, wenn ich mit ihnen rede - äh, und Du und Mama natürlich auch!

'Das wäre prima,' antwortet ihr **Vater**, 'aber eins ist klar, die Aufgabe, unsere Beziehung zu klären und hoffentlich zu heilen, die liegt bei Eurer Mutter und mir - also bei **Barbara** und mir. Trotzdem danke für Deine Fragen und Deine Hilfe!,' hört sie ihren **Vater Joseph** noch ergänzen.

Transformative Jahre mit Paartherapie

'Mensch, das hatte ich komplett vergessen -- vielleicht sogar verdrängt! - Wie stressig und knapp das damals war für Babs und Jo!

Selten waren wir Kids so brav und kooperativ, wie in diesen 'Trafo-Jahren', wie Papa sie später nannte.
Ihre Eltern hatten schließlich einige Sitzungen bei einer erfahrenen Paar-Therapeutin gemacht.
Dort lernten oder erinnerten sie wieder, wie sie Streit elegant unterbrechen und stattdessen eine Umarmung, ein Kompliment oder einen Kuss teilen konnten, was sich sehr positiv auf die Stimmung der Eltern auswirkte.

Eltern-Wochenenden

Die wichtigste Intervention der Therapeutin war allerdings ihre Empfehlung, *in jedem Monat* des Jahres *ein Eltern-Wochenende* zu planen, mit Nanny, Oma- oder Tanten-Aufsicht für die Kinder.

Und obwohl diese von der Idee der elternlosen Wochenenden zunächst wenig begeistert waren, mussten die Kinder später doch zugeben, dass es nicht zuletzt diese relativ seltenen, zweitägigen Auszeiten als Paar gewesen waren, die *Babs* und *Jo*, ihre *Eltern*, wieder näher zueinander gebracht hatten.
Gerade noch rechtzeitig für sie als Paar. Und eben noch rechtzeitig für Cordulas kleineren Bruder, der als Nesthäkchen der Familie an einem dieser Paar-Wochenenden ins Leben eingeladen wurde.

Überraschender Nachwuchs

Sie und ihre Geschwister hatten damals die Sorge, dass das neue Baby - und damit insgesamt vier Kinder - nun erst recht zu viel Belastung für die Eltern sein könnte.

'Aber es wurde ganz anders,' erinnert **Cordula** sich jetzt, während sie sich die restlichen Tränen aus den Augen wischt. 'Der kleine *Jonas* wurde der Sonnenschein der Familie - und alle sind weiter aufgeblüht! Auch deshalb, weil die gelegentlichen Oma-, Onkel- oder Nanny- Tage in ergänzter Form von den Eltern beibehalten wurden.
Und ich hatte das meiste davon 'vergessen'! Also ist der Satz doch ganz brauchbar, soweit ich das schon sagen kann.

Ein Martins-Umzug

Jetzt aber nach Hause, zu **Daniel** und unseren Kindern! Gut, dass die Lampen an sind, hier in der Stadt,' denkt Cordula, während sie warm eingepackt mit dem Rad durch die frühwinterliche Kälte und Dunkelheit fährt.
Unterwegs hört sie auf einmal:
'Jeder hat dran gedeit
und sein 'Lit mitgebreit!
Oh, wat'n Freud!'*
Sie denkt:
'Ein Martinszug von Schulkindern, hier in München.
Aber die Lehrerin ist offenbar aus dem Rheinland!'
*'Alle haben dran gedacht
Und ihr Licht mitgebracht
Das hat Freude gemacht!'

Bald hat sie den Altbau in einem der ruhigeren und grüneren Viertel erreicht, wo sie mit ihrer Patch-Work-Familie wohnt. Sie freut sich, sie alle wieder zu sehen.

Daniel, ihren Freund und Verlobten, dann **Pierre**, ihren eben erwachsenen Sohn aus der kurzen Beziehung mit **Serge** während ihres Auslandsemesters in Paris - und schließlich **Luna**, Daniels und ihre Tochter, die mittlerweile in den Kindergarten geht.

Cordulas und Daniels Patchwork-Familie

Nachdem Cordula ihre Wintersachen abgelegt hat, wird sie von allen umarmt, wobei Luna ihr Bein gar nicht mehr loslassen will.
'Schön, dass Du da bist!,'
sagt **Daniel** und hält Cordula im Arm.
'Aber was ist passiert? Meist bist Du früher zuhause.'

'Stimmt. Au weia!,' antwortet **Cordula**, während sie auf die Uhr schaut. 'Es war eine Art Notfall, ein Patient, für den ich ein anderes Behandlungs-Format entwickeln wollte. Deswegen bin ich nach den Sitzungen noch in eine Kreativ-Trance gegangen - und dabei hab' ich wohl die Zeit vergessen.
Bitte entschuldigt!'

Pierre: 'Maman, Maman, Deine Ausreden werden auch immer, comment dit on? - wie sagt man? - plus exotiques! Immer exotischer! Admirable! Bewundernswert!'

Nach dieser zarten und zweisprachigen Ermahnung drückt ihr Pierre noch einen Kuss auf die Wange, bevor er sich mit der kryptischen Bemerkung:
'Studenten-Treff!' in Jacke und Schal wirft.

'Ich dachte, wir essen jetzt zusammen!', entgegnet ihm **Cordula**.
'Ja, das dachten wir auch!,' ergänzt **Luna**, die wie ein Klammeräffchen an Cordulas Bein hängt. 'Aber nur für eine Weile - dann hat es einfach zu gut geduftet . . .
Dabei hast Du Glück, dass Daniel alles für Dich aufgehoben hat!', wobei sie voraus zum Tisch läuft.

'Au revoir!,' verabschiedet sich **Pierre** mit einer kurzen Umarmung von allen.
'Bonne Chance! - Gutes Gelingen!', sagt **Cordula**, 'und schau' irgendwann mal wieder vorbei.' Dann geht sie mit Daniel und Luna zum Esstisch in der geräumigen Küche.

Gemeinsames Abendessen
Daniel stellt einen Teller mit dampfender, vegetarisch-biodynamischer Pasta mit Tomatensauce und Parmesankäse auf Cordulas Platz, gefolgt von einem gemischten Salat, mit Oliven und Ziegenkäse, sowie einer Tasse mit heißem Kräutertee und einem Glas mit stillem Wasser.

'Was für ein Service! Du verwöhnst mich ja!,' kommentiert **Cordula** mit einem dankbaren Lächeln, während sie sich vor das einladende Essen setzt.

Daniel: 'Du hattest einen langen Tag - und ich am Nachmittag nur die Kinder.

Jetzt iss erst einmal in Ruhe, dann kannst Du mir später von Deinem neuen Konzept erzählen, wenn Du magst.'

An dieser Stelle beginnt nun die kleine **Luna** etwas zu quäken, bis sich **Daniel** erinnert: 'Ach ja! Beinahe hätte ich es vergessen - Luna hat heute im Kindergarten ein kleines englisches Tischgebet für die Kids gelernt, das sie Dir unbedingt beibringen wollte. Stimmt's Luna?'

Ein englisches Tischgebet aus dem Kindergarten
'Oh ja!,' sagt **Luna**, und : 'Pass auf!'
Dann erhebt sie sich und deklamiert beinahe flüssig:
'Rubba dub-dub,
Thanks for the Grub!
Yeah Lord!'
Und während Cordula mehrfach blinzelt, erklärt Luna mit einem wissenden Lächeln:

'Unsere **Lehrerin im Kindergarten** hat gesagt, es heißt auf Deutsch ungefähr so - Moment mal, ja jetzt:
'Dank Dir, oh Herr, für diesen Brei,
Denn der macht uns im Bäuchlein frei!'

'Super!,' meint **Cordula** beeindruckt, während sie sich weiter mit ihrer Pasta mit Salat befasst.

'Ein schönes Gedicht - in beiden Sprachen.
Danke, dass Du es Dir gemerkt hast!'

Luna freut sich. Aber dann verlangt sie: 'Und jetzt alle zusammen, auch wenn Du schon angefangen hast!'

Das Zauberwort
Doch nach dem gemeinsamen *'Rubba dub-dub'* wird die kleine **Luna**, wie meistens um diese Zeit am frühen Abend, plötzlich sehr müde und bittet ihren Vater:
'Papa, erzählst Du mir, noch eine Geschichte vor dem Schlafengehen?'

Worauf **Daniel** antwortet:
'Und wie heißt das Zauberwort?'

Was **Luna,** gemäß den Regeln dieses zeitlosen Spiels, mit einem schläfrigen: 'Bittää!' quittiert.

'Also gut', meint **Daniel**, 'dann bring ich Dich jetzt ins Bett.'
Und Richtung Cordula: 'Gleich bin ich wieder da und wir können reden.'
Und während diese noch den Rest ihres Essens genießt, hört sie aus dem Kinderzimmer Daniels und Lunas Stimmen, bis Daniel mit der Geschichte von einer Prinzessin namens Dornröschen beginnt, die Luna - neben Rumpelstilzchen - besonders schätzt.

Bäumelein und Träumelein
Aber dann taucht **Daniel** wieder auf und erklärt:
'Sie möchte, dass wir noch *'Schlaf Kindlein, schlaf!'* für sie singen, und zwar zusammen.'

Cordula rollt etwas die Augen, stimmt dann aber zu. Einige Schafe, Mütter und Väter, sowie Bäumelein und Träumelein später schläft Luna dann tatsächlich.
Und Cordula und Daniel setzten sich noch einmal in der Küche zusammen.

Daniel hatte Psychologie studiert und war Heilpraktiker. Danach hatte er noch die Ausbildung zum Verhaltenstherapeuten gemacht und arbeitete jetzt in einem MVZ, also einem Medizinischen Versorgungs Zentrum mit den Schwerpunkt-Fächern: Psychiatrie, Psychotherapie und Psychosomatik.

Die beiden hatten sich während der Lindauer Psychotherapiewochen kennen gelernt und waren später ein Paar geworden. Inzwischen planten sie ihre Hochzeit - 'bevor wir vierzig werden!' - auch wegen Luna.

Ein neues Werkzeug für spätere Verwendung
'Also', fragt Daniel, 'passt es jetzt, mit dem Reden, was Du in der Praxis gefunden hast, bei Deiner kreativen Imagination?'

'Schon', antwortet Cordula, 'es ist eine Art paradoxes Gedicht, das bei manchen PatientInnen vielleicht helfen kann, die so häufige und meist kindlich unbedingte Treue zu den Eltern zunächst zu benennen, und sie außerdem als Dienst an den Eltern und der Familie anzuerkennen und wertzuschätzen.

Dadurch kann es bei den PatientInnen zu einer wohlwollenden Integration und Transformation auch der eher störenden und pathologischen kindlichen Treue-Tendenzen zu den Eltern kommen.
Was oft den Freiheitsgraden und Beziehungsmöglichkeiten in der Gegenwart dient.
Oh, apropos Gegenwart: Das Essen war super, vielen Dank!'

'Gern,' meint **Daniel**.
Und: 'Wow, jetzt bin ich aber gespannt auf diesen famosen Spruch, nach dieser spannenden Ansage!'

'Das verstehe ich sehr gut', antwortet **Cordula**, 'und Du bist der Erste, dem ich diesen Satz sagen werde.
Aber es ist alles noch ganz frisch - und ich möchte wenigstens ein, zwei Nächte darüber schlafen, bevor ich darüber rede. Vielleicht am Wochenende?

Aber sag' mal, wie war denn Dein Tag? Du bist zwar gut drauf, wie fast immer, wirkst aber gleichzeitig auch etwas angestrengt - hoffentlich nicht die Kinder?'

Daniel: 'Nein, nein, die Kinder waren super.
Und das wegen reden am Wochenende ist gut so - vielleicht erzählen Dir Deine Träume noch etwas dazu.

Daniels Tag in der Praxis
Ansonsten hast Du Recht, mein Vormittag im MVZ war ziemlich speziell!

Fast muss ich vermuten, dass unser Psychiatrie-Chef mich auf dem Kieker hat.'

Cordula: 'Wie kommst Du denn darauf, ich dachte, ihr könnt ganz gut miteinander?'

Daniel: 'Soweit schon. Aber heute früh hat er mir drei schwierige Patienten auf einmal auf's Auge gedrückt.
Das riecht nach System!'

Cordula: 'Du Ärmster! Aber immer mit der Ruhe - vielleicht will 'Dr. House', wie ihr ihn manchmal nennt, Dich ja nur testen und sehen was Du kannst?'

Cogito, ergo sum.   Denken bedeutet Sein.
René Descartes

Summ, ergo sum.   Summen bedeutet Sein.
Biene Maja

Schwierige Patienten:
Cynthia, Patrizia und Bernd

'Ha!', entgegnet ihr **Daniel**. 'Die erste Patientin ist Mitte zwanzig, würde gut aussehen, wenn sie keine Anorexie hätte, hat Probleme mit ihrem Job als 'Management Consultant' bei einem IT-Dienstleister und will deshalb kündigen - ja, und dann ist eine Beziehung vor einem halben Jahr auseinander gegangen.
Und sie hat ziemlich akute Suizidgedanken, bei einem wohl eher appellativen Versuch in der Anamnese.'

Cordula: 'Meine Güte!
Aber ähnliche Leute hatte ich auch schon.
Doch bevor wir über diese Patientin reden, wer waren die anderen?'

Daniel: 'Nicht so dramatisch wie bei **Cynthia**, wie ich diese erste Patientin einmal nenne, aber auch seltsam.

Der zweite war ein junger Mann um die dreißig, den wir hier **Bernd** nennen, der sowohl von seiner Arbeit im Marketing wie auch von seiner Ehe sehr diffus berichtet: 'Passt unser Produkt auch zu einem der möglichen Märkte?' Oder: 'Meine Frau und ich haben so unterschiedliche Erziehungsstile, das macht doch keinen Sinn für die Kinder!'
Gleichzeitig kann ich keinen besonders ausgeprägten *Leidensdruck* spüren.'

Cordula: 'Ganz anders als bei Cynthia!
Und die Nummer drei?'

Daniel verzieht sein Gesicht und hebt etwas die Augenbrauen: 'Das war eine Frau Mitte vierzig, die ich hier **Patrizia** nenne, und die mich so mit einem Wortschwall, also einer *Logorroe* begrüßt hat, dass ich Mühe hatte, selbst einmal eine Frage zu stellen.

Jetzt wo ihre drei Kinder groß sind, arbeitet sie wieder - ohne es zu müssen - als Verwaltungsreferentin in einem Büro.

Ihr Mann ist eine Koryphäe der Gen-Forschung, was ihm kürzlich noch mehr Verantwortung eingebracht hatte.
Als sie die Differenzen mit ihrem Mann erwähnt, springt die Frau mehrfach auf und beginnt dann, mich aus einer Entfernung von dreißig Zentimetern zuzutexten.'

Cordula: 'Wie unangenehm! Und Du?'

Daniel: 'Nachdem ich den ersten Schreck überwunden hatte, zog ich meine 'just in case' *Corona-Maske* heraus und rief, die Maske schwenkend:
'*Aerosole!* Das ist mir zu nah!
Bitte setzen Sie sich wieder!'

Cordula: 'Und hat sie?'

Daniel: 'Letztlich, ja, nach drei bis vier Versuchen.'

Cordula: 'Oh je. Kannst Du denn mit der Frau arbeiten?'

Daniel: 'Mal schauen. Es gibt einen weiteren Termin. Und vielleicht sollte ich Ihren Mann einmal sehen.'

Cordula: 'Gut, als ergänzende Perspektive sicher sinnvoll. Aber ich hab' noch die erste Patientin Cynthia im Kopf. Wie ging es denn mit ihr?'

Die Patientin Cynthia

Daniel: 'Gemäß dem Protokoll für solche akut gefährdeten Personen - vermutlich ähnlich wie bei Euch, in eurer Praxisgemeinschaft, wo ihr für derartige Fälle sicher auch ein Protokoll habt?'

Cordula nickt dazu und Daniel fährt fort: 'Zunächst einmal habe ich Cynthia einen weiteren Termin angeboten, um die möglichen Optionen zu klären und etwas mehr über ihre Herkunftsfamilie zu erfahren.

Wie üblich, habe ich ihr außerdem einen Vertrag vorgeschlagen, wonach sie mich, das MVZ oder eine Klinik kontaktiert, bevor sie Maßnahmen für einen Suizid beginnt.'

Cordula: 'Konnte sie den Vertrag so annehmen?'

Daniel: 'Erst hat sie kurz gezögert, aber dann hat sie mir die Hand darauf gegeben - mit einem Lächeln, wie es schien, aber mit einem eher harten Blick. Na gut. Außerdem bekam die Patientin, auch nach Protokoll, direkt einen Termin bei unserer Psychiaterin.

Vorher hatte ich Cynthia schon auf die Möglichkeit einer *Ketamin®-Therapie bei akuter Depression* hingewiesen.
Davon hatte sie sogar schon gehört, war aber 'gegen alle Medikamente'.

Dieses Thema ist unsere Frau **Dr. Müller** dann noch genauer mit ihr durchgegangen:
Mögliche Anti-Depressiva, um die schwere Depression zu überbrücken; oder ein Therapie-Versuch mit einem Ketamin®-Nasenspray; eventuell plus einem Therapie-Versuch mit Ketamin®-Infusionen über 45 Minuten, mit therapeutischer Begleitung.

Keine Medikamente!
Und schließlich die Option, sich freiwillig in eine psychiatrische Klinik einweisen zu lassen, um die akute Depression dort behandeln zu lassen.
Diese Angebote lehnte Cynthia jedoch alle ab, da sie nun hoffe, durch die geplante Therapie wieder besser klar zu kommen.'

Cordula: 'Viel Vertrauen in den Therapeuten!
Und wie geht es Dir damit?'

Daniel: 'Überfordert fühle ich mich!
Wie soll das denn gehen?!'

Cordula: 'Als erstes vielleicht wieder hierhin atmen, in Deinen Bauch- und Herzraum?', fragt sie, während sie ihn sachte dort streichelt.

'Und außerdem: Wer hat nun die Verantwortung für das Leben dieser stark leidenden, aber auch sehr selbstbewussten jungen Frau?'

Daniel: 'Sie selbst natürlich.
Aber einfach war die Situation trotzdem nicht für mich.'

Der Double-Bind in der Therapie
Cordula: 'Die Frau macht ja sogar mir gemischte Gefühle, nur von Deiner Erzählung!
Dieses Doppelte an ihr, wie beim *'Double-Bind'* von **Gregory Bateson**.
Ich hätte Bedenken, ob das mit der Psychotherapie allein geht.'

Daniel: 'Genau wie ich. Und ich hätte sie guten Gewissens mit dieser Begründung weiterschicken können, mit den Empfehlungen von Frau Dr. Müller, unserer Psychiaterin. Aber erstens wollte die Patientin auf keinen Fall Medikamente.

Abgebrochene Therapien in der Vorgeschichte
Und dann kam noch etwas dazu:
Sie erzählte, dass sie schon drei Therapien begonnen habe, die aber nach zwanzig oder dreißig Stunden von den TherapeutInnen beendet wurden, weil sie ihr nicht weiter helfen konnten, wie sie sagten.'

Cordula: 'Ja super! Eine suizidale Therapeuten-Killerin!
Mensch - was hast Du denn gemacht?'

Das künftige Jahr einladen

Daniel: 'Ich brauchte einen Moment zum Überlegen. Und weitere Informationen zu Cynthia. Also ließ ich sie ein Bild malen. Ich gab ihr einen großen Malblock mit farbigen Wachsmalkreiden und bat sie, zwei bis vier Situationen zu skizzieren, die sie im kommenden Jahr in ihr Leben einladen wollte. Dann malte sie und ich hatte Zeit, Notizen zu machen, meinen Geist zu beruhigen und einen passenden Plan zu finden.

Szenen aus der Zukunft

Cynthia hatte inzwischen mit den Kreiden ganz links unten auf dem Blatt drei kleine Szenen dargestellt:

Eine *Urlaubslandschaft* mit Strand, Sonnenliegen und Palmen, dann eine *Runde Freunde* beim Bergwandern und beim Feiern, sowie ein *Schreibtisch mit PC* in einem Zimmer mit Ausblick in die Natur, wozu sie knapp: 'Mein neuer Job', kommentierte.

Dann hatte sie kurz den Impuls, alles mit Schwarz durchzustreichen und zu übermalen, wovon ich sie aber ablenkte, indem ich ihre Bilder als sinnvoll anerkannte und ergänzend nach einer möglichen vierten Szene fragte, zum Beispiel mit einer guten Freundin?

Dabei ließ ich mir das Bild wiedergeben, fotografierte das Bild für die Dokumentation und trennte dann das Blatt heraus und gab es ihr.'

Cordula: 'Ja und weiter? Gute Idee mit dem Bild - aber wie seid ihr verblieben? Hast Du ihr etwa eine Therapie angeboten? Vorsicht! Vorsicht!'

Daniel: 'Nein, habe ich nicht. Stattdessen habe ich ihr klar gemacht, wie schwierig ihr Auftrag für mich sei, wenn sie alle anderen Empfehlungen ablehne, weshalb sie darüber und speziell über die Option des *Ketamin®-Nasensprays* noch einmal nachdenken sollte.

Ansonsten habe ich ihr, wie vorhin erwähnt, nur einen weiteren Sprechstunden-Termin in zwei Wochen gegeben - aber keine feste Therapiezusage, wie sie es gewollt hätte.'

Cordula: 'Wow. Ich bin mir nicht sicher, ob ich diese Patientin . . . aber immerhin hat sie die Bilder gemalt.'

Daniel: 'Genau. Und der nächste Termin gibt ihr erst einmal eine Sicherheit, alles in Ruhe zu bedenken und besprechen zu können.'

Feierabend für die Therapeuten
Als sie mit diesem Austausch fertig sind, machen Cordula und Daniel Feierabend.
Nach einer gemeinsamen Dusche hören sie noch eine Weile ruhige Musik und meditieren dazu, bevor sie sich auf die alles erneuernde Tiefenmeditation im Schlaf einlassen.

Auf Cynthia und die beiden anderen Patienten von Daniel kommen wir im Abschnitt:
'Schwierige Patienten Teil II' zurück.

Der 'klein und Dein' Satz in der Testphase
Am Wochenende nach diesem Gespräch erklärte **Cordula** während eines Spaziergangs Daniel den von ihr gefundenen Satz:
'Liebe Mama, ich bin noch klein,
und bleibe daher für immer Dein!'
Oder:
'Lieber Papa ich bin noch klein,
und bleibe daher für immer Dein!'

'Klingt banal, ich weiß', meinte Cordula dazu. 'Aber wenn Du den Spruch genauer kennen lernen willst, probierst Du ihn am besten selbst aus', ergänzte sie noch.

Daniel: 'Eine direkte Einladung in die frühen Jahre ist der Satz auf jeden Fall,' wobei er mehrfach blinzelt.
'Aber das mache ich dann lieber in Ruhe - und auch mit dem 'Leeren Stuhl', so wie Du.'

Und in der Supervision
Als **Cordula** eine Weile später wieder in Supervision war, erzählte sie dem Professor von ihrem Fund:
'Liebe Mama, ich bin noch klein,
und bleibe daher für immer Dein!'
erläuterte sie, aber zunächst sah sie wenig Resonanz in seinem älteren und gefassten Gesichtsausdruck.

Doch auf einmal wurde es dort lebendig - traurige, aber auch heitere und ärgerliche Züge lösten sich ab, während seine Augen halb geschlossen waren.
Auf einmal jedoch waren sie wieder offen und sahen sie direkt an.
'Das ist ja'n Ding!', bemerkte ihr **Supervisor** mit einem sonst selten gezeigten Maximum an Emotionen.
'Aber irgend etwas - es ist gut, nein super, wissen Sie - aber fehlt da nicht noch etwas?
Und wann und bei wem kann man ihn sicher einsetzen?'

Cordula: 'Darüber denke ich auch nach, seit ich selbst diese neue Spruch-Erfahrung mit dem leerem Stuhl - ja diese neue Erfahrung . . . doch, das könnte es sein!

Die 'treu und neu' Version
Was halten Sie von dieser Variante?'
Und dann deklamiert Cordula den Reim:

'Liebe Mama, das ist zwar nicht neu,
doch bleib ich Dir auf ewig treu!'
Und:
'Lieber Papa, das ist zwar nicht neu,
doch bleib ich Dir auf ewig treu!'

Nach einer Weile meint ihr **Supervisor** mit einem angedeuteten Lächeln: 'Durchaus. Oh ja.
Und sie haben sich meinen Rat neulich, Ihren Therapieansatz bei Ihrem Patienten Ernst eventuell weiter zu ergänzen, offensichtlich zu Herzen genommen.

Und das Ergebnis ist - ja, zumindest erstaunlich.
Aber bitte gehen Sie sehr vorsichtig mit diesem eben entdeckten Instrument um.
Die Reaktionen der PatientInnen darauf könnten sehr unterschiedlich sein - und nicht nur die der Patienten!'

Methodische und Sicherheitsfragen
'Wie meinen Sie das?,' fragte **Cordula**.

Supervisor: 'Sehen Sie das nicht? Es könnte schon einige KollegInnen geben, die so etwas kritisch sehen würden.
In jedem Fall sollten wir noch einmal in aller Ruhe darüber reden, wenn Sie diesen Satz, außer beim Patienten Ernst, noch bei anderen Patienten einsetzen wollen.'

Cordula: 'Ja das wäre auch mir sehr recht, es ist doch ziemliches Neuland, auch wenn es ähnliche Methoden schon gibt, etwa von **Virginia Satir**, von **Mara Selvini-Palazzoli**, von **Bert Hellinger** oder von **Milton Erickson**, über die wir schon geredet haben.
Vor allem aber motivieren mich die eigenen Erfahrungen mit diesem Spruch, ihn jetzt auch behutsam zu nutzen.'

Damit verabschiedete sich Cordula von einem etwas nachdenklichen **'Dr. Jones'**, wie sie ihren Supervisor innerlich nannte - weil er, unter anderem, ein 'Freud-Fan' war, ebenso wie **Dr. Ernest Jones**, der Freud-Biograph der ersten Stunde.
Außerdem gab ihr Supervisor ihr einen weiteren, zeitnahen Termin für die nächste Supervision.

Fortsetzung Patient Ernst

Wie aber ging es mit Cordulas Patient Ernst weiter?
Als er in der Sitzung wieder einmal länger seine fehlende Motivation für Job-Recherchen und Bewerbungen beklagt hatte, schlug ihm Cordula einen *Ebenen-Wechsel* mit Hilfe der ersten Version ihres Spruchs vor.
Sie erklärte ihm die Methode mit dem **Leeren Stuhl** in Verbindung mit dem 'klein und Dein'-Satz.
Da Ernst mehr emotionale Nähe zu seiner Mutter spürte, leitete **Cordula** ihn an, den Satz zu ihr zu sagen.

'Und wenn ich das nicht will?,' fragte **Ernst** dazu.

Cordula: 'Sie müssen gar nichts, Ernst.
Der Satz wirkt auch im Stillen - ganz wie Sie wollen. Aber er könnte Ihnen helfen, Ihre kindliche Treue zur Mutter, der wir ja schon mehrfach begegnet sind, besser zu integrieren - was Ihnen in der Gegenwart vielleicht eine freiere Wahl und neue Optionen in Ihrem Verhalten und Erleben ermöglicht.'

Klein und Dein
Darauf antwortete **Ernst** nach einer kurzen Pause mit einem sphinxhaften: 'Na gut.'
Dann konzentriert er sich auf den *leeren Stuhl* ihm gegenüber und holt Luft:
'Liebe Mama, ich bin noch klein,
darum bleib' ich für immer Dein!'
'Was für ein Kappes!,' entfährt es ihm direkt danach.

Cordula: 'Ja, das ist ein sehr paradoxer Satz, da haben Sie Recht - aber nur so kann er wirken. Probieren Sie es ruhig noch einmal, ohne Wertung, dafür mit Sammlung und Gelassenheit - wenn Sie wollen.'

Und **Ernst** wiederholt den Satz, jetzt etwas langsamer - und auch mit einer ruhigeren und volleren Stimme.

Hausbau im Supermarkt
'Genau so' bestätigt ihn **Cordula**.

Auf einmal fällt **Ernst** eine längst vergessene Situation im Alter von vier oder fünf Jahren wieder ein.
Er war mit seiner eher rational-abwesenden Mutter im Supermarkt gewesen, wo er sich in die Haustierabteilung verlaufen hatte.
Und die Mutter war in ihrer Einkaufslisten-Trance ohne ihn weggefahren.

Als niemand nach ihm sah, hatte er sich aus den Futter-Kartons aus dem Regal ein Häuschen gebaut, worin er dann von einer Verkäuferin gefunden wurde.
Nun wurde im Laden und auf dem Parkplatz nach der Mutter gesucht, die gerade mit dem Auto zurückkehrte, nachdem sie *'on the road again'* Ernsts Abwesenheit bemerkt hatte.

Ernst: 'Sie hätte sich ja bei mir entschuldigen können, dass sie mich vergessen hat.
Aber sie hat nur geschimpft.'

'Vielleicht haben Sie Ihre Mutter damals in einem recht verwirrten und bedürftigen Zustand erlebt?', fragt ihn **Cordula** dazu.

Treu und Neu
Dazu nickt **Ernst** zunächst und lässt dann etwas den Kopf hängen.

'Das ist der Moment!,' denkt **Cordula**. Dann erklärt sie Engst die zweite Version des Satzes:

'Liebe Mama, das ist zwar nicht neu,
doch bleib ich Dir auf ewig treu!'

Als **Ernst** diesen Satz erstmals hört, schaut er sie auf einmal direkt an, und zwar mit diesem angedeuteten schelmischen Lächeln im veränderten Gesicht, das sie bisher nur einmal an ihm gesehen hatte.

Ein englisches Lebensmotto
Es war in einer der ersten probatorischen Sitzungen, in der sie **Ernst** nach einem *Motto* oder Slogan für sein Leben gefragt hatte.
'So was hab' ich eigentlich nicht . . .,' hatte er damals begonnen.
'Außer -,' und dann dieses halbe 'trotz-allem' Lächeln, 'außer diesem *Englischen Zweizeiler*, den Sie vielleicht schon kennen?'

'Was denn?', meinte **Cordula** damals.

Worauf **Ernst** antwortete:
'I am nobody.
Nobody is perfect.'
Und noch einmal dieses jungenhafte Lächeln, ganz anders als sonst meist bei ihm.
Das war damals der Moment gewesen, in dem Cordula sich entschlossen hatte, Ernst in Therapie zu nehmen, obwohl er die Aufnahmekriterien nur teilweise erfüllte.

Cordula: 'Sie lächeln wie damals, in einer der ersten Stunden. Wollen Sie diesen 'treu und neu' Satz auch selbst ausprobieren?'

Die kindliche Treue wertschätzen
'Doch,' meint **Ernst**, 'damit komm' ich eher klar - und treu sollte ich der Mutter ja sein, oder?'

Cordula: 'Aber sicher. Darum geht es doch bei diesem Satz, die kindliche Treue anzuerkennen und damit Mutter und Vater den passenden Ehrenplatz in Ihrem Herzen zu geben.
Auch wenn der erste Platz in Ihrem Herzen später vielleicht einer Partnerin oder einem Partner gehören darf.
Aber für den Moment können Sie den Satz einfach ausprobieren, wenn Sie wollen', wobei sie auf den Leeren Stuhl zeigt.

Nachdem **Ernst** auch diesen Satz zwei Mal zu seiner Mutter gesagt hat, beginnt er auf einmal leise zu lachen.

'Was passiert da bei Ihnen?,' fragt **Cordula**.

Das Abitur-Fest
Und **Ernst** antwortet: 'Mir ist meine Abiturzeit einge-
fallen, als ich bei einem Abi-Fest schon etwas ange-
heitert war - und auf einmal von einem Mädchen
geküsst wurde.'

Cordula: 'Das hört sich ja interessant an. Also neben
Ihrer Treue zur Mutter gibt es da offensichtlich Spiel-
raum, auch schon damals, in der Abizeit.'

Ernst: 'Schon. Aber leider wurde nichts daraus, wegen
ihrem Freund. Und die anderen Versuche . . .,' endet er.

Cordula: '*Bisher* war das wohl so, aber die Sache mit
dem Abi-Fest bleibt trotzdem.
Und Sie haben jetzt diesen Satz in Ihr Leben gelassen,
der Ihre Eltern-Treue anerkennt.
Gehen Sie in Ruhe damit weiter und erproben Sie, wie er
Ihnen nutzen kann.'
Einige Zeit nach dieser Sitzung begann Ernst, die bisher
wegen fehlender Motivation aufgeschobenen Job-Recherchen und Bewerbungen direkt anzugehen.
Und kurze Zeit später konnte er seiner überraschten und
erfreuten Therapeutin von einer Stelle berichten, die er
in der Lagerverwaltung in einem kleineren Industrie-
betrieb gefunden hatte.
'Es ist wirklich nicht mein Traum-Job,' hatte **Ernst** die
ansonsten gute Nachricht kommentiert.

Cordula: 'Aber Sie haben eine Stelle gefunden, arbeiten jetzt dort seit einigen Wochen und können ganz gut mit den Kolleginnen und Kollegen - und das nach diesen ausgeprägten Ambivalenzen, überhaupt irgend etwas anzupacken. Herzlichen Glückwunsch!'

Als dann der bewilligte Therapie-Abschnitt von fünfzig Stunden tiefenpsychologisch fundierter Therapie, meist in zwei- bis dreiwöchigen Abständen, allmählich zu Ende ging, hatte **Ernst** in seinem Beruf noch weitere Veränderungen vorgenommen.

Nach dem erfolgreichen Abschluss einer Weiterqualifikation im IT-Bereich war das möglich geworden. Dies hatte ihm ein deutlich besseres Stellen-Angebot mit mehr Eigenverantwortung bei einem Unternehmen für Wärmepumpen eingebracht.

Das Timing für eine Pause in der Therapie
Sogar ein *Date* hatte es einmal gegeben - mit einer Frau, 'die nicht wirklich so gut zu mir passte,' wie **Ernst** selbst zugab.
Aber die Therapie wollte er gerne weiterführen.

Dazu meinte **Cordula**: 'Danke für Ihr Vertrauen, Ernst. Und ja, wir könnten noch weitere Stunden beantragen. Aber bei all dem, was Ihnen inzwischen gelungen ist, meine ich eher, dass wir momentan zumindest eine Pause einlegen sollten.'

Und auf Ernsts etwas enttäuschten Blick ergänzte sie noch: 'Und in einem Notfall bin ich auch weiterhin für Sie erreichbar.

Aber es gibt noch einen weiteren Grund für die Pause in der Therapie.

Sie haben jetzt eine so stabile Basis für Ihr Leben geschaffen, dass Sie vielleicht probieren sollten, selbst den weiteren Kurs zu finden und zu bestimmen.

Denn allein bedeutet oft nicht so sehr einsam, sondern eher in Verbindung mit Allem. Wie in diesem Gedicht:

allein

Sei wie Du bist
und mehre das Ganze.

Und führt die Musik
dann als Paar Dich zum Tanze:

Dann sei wie Du bist
und ehre das Ganze.

Oder mit anderen Worten,' ergänzt sie auf den verdutzten Ausdruck in Ernsts Gesicht, 'nach meiner Erfahrung haben es Menschen, auch Patienten, nicht so gern, wenn sie beaufsichtigt werden, während sie sich gerade dabei sind, sich zu verlieben.

In dem Fall kann weitere Therapie zum Hindernis oder gar zur Sackgasse werden - und dem können wir mit der Therapie-Pause vorbeugen.
Außerdem habe ich noch einige Literatur-Empfehlungen für Sie, womit Sie eigenständig an sich weiter arbeiten können.' Siehe dazu das *Literaturverzeichnis*.

Eine Urlaubskarte
Einige Zeit später erhielt Cordula eine Karte von einem schönen Urlaubsort.

Darauf stand:
'Danke für die kreative Pause.' Und darunter:

Ernst

Es ist die Zeit
Die Heiterkeit
Der Ewigkeit.

'Wer hätte das gedacht,' sagte **Cordula** halblaut zu sich selbst, während sie die Karte in die Patientenakte von Herrn Ernst legte.

Damit gehen wir von Cordula und ihrem Patienten Ernst weiter, zu den drei Patienten, von denen Daniel in *'Schwierige Patienten Teil I'* kürzlich berichtet hatte.

Schwierige Patienten Teil II

Rückblickend fasste **Daniel** dann den Verlauf dieser drei Therapien etwa so zusammen:

'Fangen wir mit **Patrizia** an, der ängstlich-depressiv verstimmten Patientin mit Panikattacken aus 'nichtigen Anlässen', also der Frau mit dem *distanzlosen Verhalten* in der ersten Sitzung, weshalb ich sie mehrfach bitten musste, sich wieder zu setzen.

Bei ihr fing ich allmählich an, die Situation besser zu verstehen, nachdem ich sie zunächst zusammen mit ihrem Mann, **Ulrich**, gesehen hatte, sowie ergänzend auch den Mann in einer Einzelsitzung gesprochen hatte.

In diesen Stunden und in der weiteren Arbeit mit Patrizia stellte sich heraus, dass das Paar - sie Mitte, er Ende vierzig - drei Kinder hatte, die inzwischen alle flügge waren, teilweise bereits mit eigenen Familien.

Ulrich hatte sich dann noch mehr in seine Arbeit in der Genforschung vergraben.
Kurze Zeit nach dem Auszug des letzten Kindes war bei Ulrich ein Hörsturz aufgetreten.
Er wurde sofort behandelt, stationär mit Infusionen, brauchte danach aber ein Hörgerät. Schnell hatte er herausgefunden, wie er die manchmal 'lästige Umwelt' mit Hilfe des Lautstärkenreglers auf Abstand halten konnte.

Erlernte Distanzlosigkeit

Daran hatte Patrizia, seine Frau, sich mit ihrer schein-
baren Distanzlosigkeit angepasst, indem sie ihm nun aus
nächster Nähe ins Ohr schrie.

Außerdem hatte er eine mittelgradige **AD(H)S**, also eine
Aufmerksamkeits **D**efizit (**H**yperaktivitäts-) **S**törung, die
Ulrich bereits als Kind und Jugendlicher gezeigt hatte
und die gelegentlich ein Problem für sei Team in der
Arbeit und für seine Frau zuhause war.

Alle mussten ständig hinter ihm herräumen, 'denn er ist
ja der große Wissenschaftler! Aber für uns bleibt kaum
noch Zeit; er hört mich ja gar nicht mehr, mit diesem
seltsamen Hörgerät,' kommentierte **Patrizia**, die auch
Gedanken an eine Trennung hatte.

Ein AD(H)S Therapieversuch

Doch dann war es **Daniel** gelungen, dem Paar einige
Vertrauen fördernde Kommunikations-Übungen nahe zu
bringen, bei denen beide engagiert mitarbeiteten. Dabei
konnte er Ulrich schließlich dazu motivieren, für sein
AD(H)S einen Therapieversuch mit niedrig dosiertem
Methylphenidat in Retardform zu unternehmen.

Patrizia berichtete: 'Und dann kam der Anruf von **Julia**,
seiner 'rechten Hand', der Junior-Professorin im Institut,
mit der ich schon länger befreundet bin.

Also **Julia** fragte mich: 'Was habt ihr mit ihm gemacht?
Plötzlich ist er fast wie ein normaler Mensch - wir haben
sogar gelacht zusammen!

Gelacht, mit Ulrich - habt ihr etwa den fünften Frühling oder sowas?'

Patrizia hütete natürlich ihr Geheimnis, sagte Julia aber gleichzeitig, dass ihre Vermutung 'ziemlich nah dran' sei, weshalb das Team am Institut am nächsten Wochen-ende unüblicherweise auch ohne Ulrich auskommen müsse, da sie es in einer Hütte in den Bergen ohne Internet verbringen würden.

Kurze Zeit danach konnte Daniel Patrizia und Ulrich aus der Therapie entlassen. Die beiden waren ein anderes, viel entspannteres Paar geworden, hieß es in den letzten Notizen, die er sich dazu gemacht hatte.

Daniel: 'Vom zweiten Kandidaten an diesem denkwürdi-gen Tag damals, hier **Bernd** genannt, Anfang dreißig, verheiratet mit drei kleinen Kindern, hatte ich zunächst nur einen unklaren Eindruck.

Er war Diplom-Ingenieur in guter Position, klagte aber über Schlaf-, Appetit- und Motivationsmangel und über Spannungen in der Ehe.

Dennoch fiel es Daniel schwer, bei Bernd einen deut-lichen Leidensdruck festzumachen, da hier die meisten Lebensbereiche gut gelöst erschienen.

Auch deshalb, weil es dem Patienten bereits während der probatorischen Stunden gelungen war, seine etwas unsichere Stelle bei einem kleineren, sehr experiment-ellen IT-Unternehmen zu kündigen, nachdem er einen besseren Vertrag bei einer größeren Firma unterschrie-ben hatte.

Aber trotz dieses Erfolgs plagten ihn weiter starke Stimmungsschwankungen, Alpträume mit gefährlichen Verfolgern und häufiger Streit mit seiner Frau, **Uta**.

Das streitende Paar

Bernd sagte: 'Dabei wird es gerade besser, der Kleine geht jetzt schon in den Kindergarten, die Mittlere auch und der Große bereits in die Schule. Dadurch konnte Uta wieder in der PR-Agentur anfangen, halbtags, wo sie sich die Leitung mit einer Kollegin teilt. Und das macht sie gern, auch wieder im Beruf kreativ zu sein. Außerdem jetzt die neue Stelle bei mir, eigentlich alles prima, aber wir streiten wegen der Kindererziehung, der Freizeitgestaltung und dem Putzplan - sogar Gegenstände wurden schon geworfen!'

Skills für die De-Eskalation

Daniel zeigt Bernd einige einfache 'Coping Skills' oder Verhaltens-Strategien, durch die er Eskalationen beim Streit umgehen konnte - etwa *Verlassen des Raums*, kühles *Wasser trinken* oder eine *Runde spazierengehen*.

Außerdem bot Daniel an, Bernd und Uta in einer Paarsitzung zu sehen, um die Situation noch genauer zu verstehen.

In dieser Stunde wurde auf einmal deutlich, dass **Uta** kurz davor war, die Beziehung zu beenden, um später die Scheidung einreichen zu können.

Uta selbst hatte als Kind erlebt, wie ihr Vater die Familie verließ, wovon sie ab und zu noch düstere Träume hatte.

Alte Rechnungen

Daniel wies sie auf diese Dynamik hin, indem er sagte: 'Möglicherweise wollen Sie Ihren *Vater bestrafen* - aber den Schaden hätten Sie selbst, Ihr Mann Bernd, der Sie trotz des dauernden Streits sehr liebt - und vor allem Ihre drei kleinen Kinder, die Sie zu Patch-Work-Kindern machen würden.

Und spätestens in der Pubertät werden die Kinder Sie fragen: 'Weshalb hast Du das so gemacht?'

Konstruktiv kontrovers diskutieren

Schließlich zeigte Daniel dem Paar noch die Übung: '*Konstruktiv kontrovers diskutieren **mit** hochgestelltem Bein*', eine Variante nach *Milton H. Erickson*, bei der das diskutierende Paar beim Austausch jeweils ein Bein hochstellt, etwa auf einen Stuhl, Schemel oder ein Sofa, und das Gespräch in dieser Haltung weiterführt.

Eine richtig gute Woche

Eine Weile nach dieser Paarsitzung kam Bernd wieder für eine Einzelstunde zu Daniel.

Bernd, der sonst meist kühl oder bedrückt gewirkt hatte, lächelte Daniel schon bei der Begrüßung fast verschwörerisch an.

Dann erzählte er von 'einer richtig guten Woche', die er und seine Uta gehabt hatten - einschließlich einer sehr schönen und allseits orgiastischen Liebesnacht.

Über diese plötzliche Wendung zum Besseren war **Daniel** ebenso überrascht wie dankbar.

Er lobte Bernd und Uta für ihre Flexibilität und Weitsicht, was sicher auch den Kindern zu Gute kommen würde.
Dann malte Bernd noch ein Bild, in dem er unter anderem künftige Ausflüge und Unternehmungen als Paar und mit der Familie darstellte.

Die Gegenbewegung
Doch als der Patient das nächste Mal ins MVZ kam, erschien er Daniel seltsamerweise noch grauer und bedrückter als in den ersten Stunden.

Im Therapieraum platzte **Bernd** dann heraus:
'Jetzt trennt sie sich doch von mir - und zwar endgültig!', wobei er in Tränen ausbrach.
Nur wenige Tage nach der erfüllenden Liebesnacht hatte **Uta** ihm gesagt, 'das sei ja alles gut und schön, aber sie müsse sich trotzdem trennen,' und das ohne Angabe von irgendwelchen konkreten Gründen, nach denen Bernd gefragt hatte.

Daniel: 'Aber wie kann sie sich gerade in dieser Situation trennen?
Bei drei Wunschkindern, guten Jobs für beide und noch dazu schöner Erotik?!'
Viele Patientinnen und Patienten, die ich sehe, leben in so defizitären Beziehungen, dass sie froh und dankbar über Ihre Situation wären - was ist da los?'

Bernd: 'Ja, vieles ist gut gelaufen für uns - auch, dass wir uns beim Sex gut verstehen.

Aber seit der Geburt des Kleinen vor gut drei Jahren, haben wir uns mit Sticheleien, Kritik und Streit immer mehr verstrickt. Und Uta wollte auf einmal ständig Abende frei haben, um 'mit Freundinnen wegzugehen', was im Klartext wohl eher 'mit einem Freund' hieß, wie ich dann feststellen musste.

Aber für die Kinder und für unsere Liebe hätte ich ihr das sogar nachgesehen, in der Hoffnung auf einen echten Neuanfang für uns. Aber für Uta war unsere fulminante Tausend-und-Eine-Nacht-Begegnung neulich wohl eher so eine Art Abschieds-Treffen.
Und jetzt will sie, dass wir zwei kleinere Wohnungen finden, damit die Miete bezahlbar bleibt - und das in dieser Stadt, wo kaum Wohnungen zu finden sind!'

Noch eine Chance für das Paar?
Daniel bot Uta schließlich noch eine Sitzung zur weiteren Klärung an, was von ihr angenommen wurde. Dabei kam es zwar zu einem kreativen Austausch, aber vor allem über die Formalien der Trennung.

Wann in der Woche die Kinder bei wem sein würden, ab wann das Trennungsjahr beginnen würde und ob ein oder zwei Anwälte nötig seien?

Ergänzend führte Daniel Uta durch eine Gestalt-Übung zum damaligen Abschied von ihrem Vater. Im Kontakt mit dem Vater in dieser Szene vergoss sie einige Tränen. Aber am Ende blieb es bei der Trennung.

Diese Zeit war hart für **Bernd**, auch nachdem die neuen Wohnungen erstaunlich bald gefunden waren. Denn er hoffte immer noch, Uta für die Partnerschaft und die Familie zurückzugewinnen. Dafür lud er sie einige Male in ein edles Restaurant zum Essen ein, wobei sie sich gut verstanden, wie es schien. Doch danach ging Uta wieder komplett auf Abstand. In einer Sitzung mit Daniel erkannte Bernd schließlich, dass er einen neuen Weg finden musste.

Abschiedsbrief und Feuerritual
Daniel: 'Vielleicht schreiben Sie Uta einen Abschiedsbrief? Alles, was Sie ihr noch sagen wollen, um dann die Beziehung gut loslassen zu können. Danach machen Sie ein kleines *Feuer der Transformation,* im Garten oder am Fluss, und während Sie diesen Abschiedsbrief ins Feuer geben, können sich gleichzeitig die Verstrickungen und Konflikte zwischen Ihnen im Feuer auflösen.
Was meinen Sie?'

Nach einigem Zögern stimmte **Bernd** zu, da er seine Ambivalenzen zu Uta endlich loswerden wollte.

In der Zeit dieses Abschiedsbriefs gelang es Bernd allmählich, seine Gefühle für Uta, die diese nicht mehr erwiederte, Schritt für Schritt hinter sich zu lassen und den Kontakt zu ihr auf die sachliche Ebene zu begrenzen, die für die gemeinsame Erziehung der Kinder notwendig war.

Kompensatorische Spiele

Daniel hatte Bernd an diesem Punkt gewarnt:
'Passen Sie auf! Jetzt, wo Sie sich zurücknehmen, könnte Uta wieder ihr ambivalentes Interesse zeigen!'

Und tatsächlich lud Uta Bernd kurze Zeit danach von sich aus in ein feines Restaurant ein - mit 'open end evening', wie sie es noch nie getan hatte.

Doch mittlerweile hatte Bernd auf Daniels Empfehlung das Buch: *'Spiele der Erwachsenen'* von **Eric Berne** gelesen, wodurch ihm klar wurde, dass Uta und er - wie sehr viele andere Menschen auch - in einem destruktiven und kompensatorischen Spiel gefangen waren, in dem scheinbare Nähe fix mit schroffen Verletzungen und Entwertungen gekoppelt war.

'Das muss ich nicht mehr haben,' sagte **Bernd** in der Sitzung zu Daniel. 'Es tut mir weh, weil ich sie immer noch attraktiv finde - aber die Liebe ist jetzt weg.

Außerdem - wenn wir jetzt noch einmal zusammenkommen, als Frau und Mann, müsste das Trennungsjahr auch wieder neu beginnen, von wegen 'getrennt von Tisch und Bett' - und das will ich jetzt nicht mehr, nach dem ganzen hin und her!'

Ein vorsichtiger Neuanfang

Das brachte soweit Klarheit für Bernd und seine Patch-Work-Familie, aber es wurde dennoch eine schwierige Phase für ihn. Er träumte unruhig von seinen Kindern, von seinen Eltern und von der gemischten Beziehung zu seiner Mutter.

Aber die Zeiten mit seinen Kindern und der Erfolg im Beruf waren inzwischen zu stärkenden Ankerpunkten in Bernds Leben geworden.
Nur Kontakte mit eventuell möglichen Partnerinnen schien er eher zu vermeiden.

Daniel meinte dazu:
'Dass Sie nach der schwierigen Trennung von Uta mit noch laufendem Trennungsjahr jetzt eher vorsichtig sind, was eine neue Beziehung zu einer Frau angeht, das verstehe ich gut.
Aber wie viel Macht oder Einfluss wollen Sie Uta noch geben, in Ihrem Leben?
Das muss ich Sie fragen, nachdem Sie mir inzwischen mehrfach von Situationen berichtet haben, in denen ein möglicher Kontakt zu einer interessierten jungen Frau von Ihnen quasi abgeblockt wurde.
Und jetzt wieder, als Sie mit Ihrem Freund Henry im Cafe im Park saßen, und er versuchte, mit den zwei netten Frauen vom Nachbartisch ein Gespräch anzufangen.
Da haben Sie plötzlich die Rechnung bezahlt und Henry zum Aufbruch gedrängt, weil Sie noch einen wichtigen Termin hätten - Sie haben Glück Bernd, dass Ihr Freund Henry nicht nachtragend ist!'

Bernd: 'Ja, momentan war er schon sauer - aber wissen Sie, es war mir einfach peinlich, wie er diese Frauen geradezu angebaggert hat!
Da musste ich weg! Außerdem waren sie ohnehin nicht mein Typ.'

Daniel: 'Vorhin haben Sie noch von zwei netten jungen Frauen geredet. Sind Frauen generell denn weiterhin attraktiv für Sie? Oder hat die Trennung von Uta etwas daran geändert?'

Bernd: 'Na gut, so spontan wie früher bin ich derzeit bestimmt nicht.
Und ob ich einer Frau noch einmal vertrauen kann, nach dem was war?'

Homoerotische Lösungen
Daniel: 'Wenn Sie das so sagen - wie wäre es dann mit einer Beziehung zu einem Mann?
Sie hatten doch eine kurze homoerotische Phase als junger Mann erwähnt.
Könnte das noch aktuell sein?'

Bernd: 'Na ja, das damals war mehr so ein Ausprobieren mit einem Freund, wo man sich sicherer fühlte.
Sozusagen bevor der Mut reichte, auch nach den Mädels zu schauen oder ein Date zu vereinbaren.
Aber ob ich nur wegen damals eher gay bin?'

Daniel: 'Wahrscheinlich nicht - solche Übergangsphasen gibt es öfter. Aber vielleicht auch 'Bi' oder bisexuell, wie bei vielen Menschen?
Und manchmal kann eine verletzte Beziehung zur Frau durch eine liebevolle Partnerschaft mit einem Mann Heilung finden. Natürlich muss das nicht so sein - Sie finden selbst den passenden Weg.

Gleichzeitig fällt mir dazu die Geschichte von einem Patienten ein, den ich vor einigen Jahren in Therapie hatte.

Wohlgemerkt, Bernd, das ist nicht Ihre Geschichte, aber ein gutes Beispiel für die Re-Integration verlorener oder verdrängter Persönlichkeitsanteile.

Der Patient damals war ein junger Mann Mitte dreißig, der meist sehr vorsichtig und niedergeschlagen wirkte.

Die Arbeit war eine sichere Basis für ihn, da er im mittleren Management eines Finanz-Dienstleisters eine gute Position gefunden hatte.

Der Patient Holger

Dieser Mann, den wir jetzt **Holger** nennen, hatte bereits eine mehrjährige Psychoanalyse und eine Verhaltenstherapie durchlaufen, weil die Beziehungen zu seinen Partnerinnen immer nach einigen Monaten oder Jahren auseinander gingen - auch deshalb, weil er gelegentlich sehr mit Scham und Schuld besetzte Affären mit einfachen Männern hatte.

Die vorherigen Therapien hatten an seiner 'inneren Zerrissenheit' wenig geändert, vielmehr litt er inzwischen auch an einem schwer kontrollierbaren Waschzwang, der begann, seine sonst problemlose Arbeit zu beeinträchtigen.

Die Geographie in der Herkunftsfamilie

Deshalb kam er zu mir. Als Holger damals in einer Sitzung erneut über seine Scham- und Schuldgefühle wegen seiner homoerotischen Tendenzen redete, hatte ich auf einmal eine Intuition.

Und zwar, ihn nach der Aufteilung der Zimmer in der Wohnung der Herkunftsfamilie zu fragen.

Daniel: 'Vielleicht malen Sie es einfach für mich auf, wer welches Zimmer hatte und wo die Gemeinschaftsräume waren.'

Da tat **Holger** dann, nachdem er mir noch einen fragend-wachen Blick zugeworfen hatte. Diese Skizze zeigte dann eine Wohnung mit Wohnküche und Bad sowie drei Zimmern, jeweils eins für die Oma väterlicherseits, für die Mutter und für den Vater.

'Und wo war Ihr Zimmer?,' **fragte ich** ihn.

Holger senkte etwas den Blick und meinte: 'Gut, das meiste war eben in der Wohnküche. Mahlzeiten, Hausaufgaben machen, Fernsehen und so.'

'Ja und wo war Ihr Bett?
Wo haben Sie geschlafen?,' **fragte ich.**

In dem Moment begannen die Tränen über **Holgers** Gesicht zu laufen, während er antwortete:
'Da war ein Klappbett, neben dem Bett meines Vaters, da habe ich geschlafen, als ich sieben bis fünfzehn Jahre alt war.
Und er hat mich in dieser Zeit als Sexualpartner benutzt.'

Damit brach Holger damals komplett zusammen, er heulte und heulte - und ich gab ihm die Rolle mit den Tüchern und saß betroffen bei ihm.

Dem Trauma auf der Spur
Nach einer Weile fragte ich ihn: 'Aber was war denn mit Ihren vorherigen Therapien? - Gerade in der Analyse werden Sie doch daran gearbeitet haben?'

Holger schüttelte den Kopf und sagte: 'Nein.'

'Aber Sie haben doch von der Situation mit Ihrem Vater berichtet, in diesen Therapien?,' fragte **Daniel** nach.

Aber wieder verneinte **Holger**.

'Ja, aber warum . . .?,' **begann ich.**

Da unterbrach mich **Holger** mit einem kleinen Lächeln: 'Dort hat mich niemand gefragt, wo mein Zimmer war oder mein Bett.'

'Nach dieser Sitzung ging es Holger Schritt für Schritt besser. Er akzeptierte es, gay zu sein - jetzt mit Freude und Gelassenheit,' sagte Daniel zu Bernd, der sehr interessiert zugehört hatte.

Daniel: 'Nach dem Ende der Therapie hielt Holger noch eine Weile Kontakt zu mir, wobei er erzählte, dass er nun einen passenden Freund gefunden hatte.

Unkonventionelle Lösungen:
Whatever works - was immer funktioniert
Eine Weile später hörte ich dann, dass die beiden sich ein Kind wünschten und sich dafür mit einem befreundeten lesbischen Paar zusammengetan hatten, was per Samenspende letztlich erfolgreich war.

Also, das war Holgers Geschichte, kurz zusammengefasst. Aber für Sie, Bernd, ist die Frage, welche Optionen Sie jetzt in Ihrem Leben umsetzen wollen, nachdem Sie sich von Uta gelöst haben - und welche Anteile Ihrer Persönlichkeit?'

'Immerhin hatte ich ein eigenes Zimmer!,' meinte **Bernd**, als er sich von Daniel verabschiedete.

Worauf **Daniel** antwortete: 'Ja, da waren Sie besser dran als Holger.
Außerdem verstehen Sie jetzt noch genauer, weshalb ich Sie in den ersten Stunden nach der *Aufteilung der Zimmer* in Ihrer Herkunftsfamilie gefragt habe.'

Kommentar
Eine so schwere Übergriffigkeit, wie sie Daniels Patient Holger erleben musste, findet sich nicht so häufig in den Therapien. Aber der Fall erinnert daran, dass gedanklicher und körperlicher Missbrauch immer noch in vielen Familien stattfindet, wodurch die gesunde weitere Entwicklung der 'bestohlenen Kinder' oft erschwert wird.

Für die derart traumatisierten Patientinnen und Patienten kann eine empathische und sinnvoll nachfragende Psychotherapie wichtige Schritte heraus aus Schuld und Scham und stattdessen hin zu Heilung und Lebensfreude ermöglichen.
Auf dieser Basis können dann auch nahe und langfristige Partnerschaften gewagt werden, in deren Liebesfeuer allein die alten Traumata ganz ausheilen können.

In der Therapie kann es richtig sein, eine schwere Verletzung wie beim Patienten Holger direkt anzusprechen, wenn das Teilen und Beweinen der traumatischen Erinnerungen Erleichterung und Besserung bringt.
Hier war die Frage nach Holgers Zimmer und Schlafplatz zielführend.
Ebenso kann es sinnvoll sein, nach der *Sitzordnung am Esstisch in der Herkunftsfamilie* zu fragen.

Dieses 'aufdeckende Arbeiten' in der Therapie kann also durchaus nützlich sein - ist es aber nicht bei allen Patienten. Bei Anzeichen solcher Abwehr kann in manchen Fällen alternativ auch der schon genannte 'treu und neu' Satz oder eine seiner Varianten angewandt werden.

Fortsetzung Patient Bernd
In den folgenden Sitzungen mit **Bernd** ging es weiter um seine Trennung von Uta, um klare und freundliche Kommunikation mit ihr und um sinnvolle Lösungen und Kompromisse zum Wohle ihrer gemeinsamen Kinder.

In seiner Arbeit war Bernd zudem ein Projekt übertragen worden, wofür er ein Team zusammenstellen und leiten sollte.

In den Sitzungen war **Daniel** für ihn Spiegel und Coach, um die Interaktionsmuster und Interessen seiner Mitarbeiter, aber auch die seiner Vorgesetzten sowie der kooperierenden Unternehmen genauer zu verstehen und sie eigenverantwortlich steuern zu können.

Auf Daniels Lob für seinen Einsatz in der Firma meinte **Bernd** jedoch: 'Es freut mich ja auch, dass es jetzt so gut läuft mit dem neuen Team und dem Projekt in der Arbeit.
Aber mir fehlt einfach - ja, mit fehlt die richtige Frau an meiner Seite!'
Daniel: 'Es ist gut, dass Sie das wieder so fühlen können, nach der langen Abschiedsphase von Uta. Und wie ist es mit Ihrem Freundeskreis?
Hatten Sie nicht einmal etwas von einer Fahrradtour erzählt, mit Picknick und Schwimmen im See?

Bernd: 'Ja früher schon - nur jetzt ist mein Kreis von Freunden und Bekannten auch noch am neu werden.
Aber mit den Kindern gehe ich oft raus in die Natur, häufig auch zum Baden gehen am See.
Ach ja, und eine Einladung habe ich bekommen, von der Alumni-Gruppe aus meinem Studiengang damals. Für eine Bergtour. Aber bei der vielen Arbeit an dem Projekt in der Arbeit weiß ich nicht . . .'

'Ist die Bergtour denn unter der Woche geplant?,' unterbrach ihn **Daniel**.

Bernd: 'Nein - nicht direkt. Aber für ein Wochenende plus Freitag und Montag; jedenfalls, wenn man die ganze Tour gehen will.'

Daniel: 'Vielleicht wäre das ja eine Gelegenheit, ein paar von Ihren angesammelten Überstunden abzubauen? Außerdem ist eine Bergtour mit alten Freunden einer der besten Wege, Körper und Geist in der Natur zu erneuern. Ihre Kinder, Ihre Arbeit und Ihre eigene Stimmung könnten womöglich davon profitieren.'

Eine Bergtour mit Studienfreunden
Bernd nickte dazu nur, etwas nachdenklich, und **Daniel** fragte sich nach dem Ende der Stunde, ob er sich mit seiner deutlichen 'pro Bergtour' Intervention therapeutisch nicht zu weit aus dem Fenster gelehnt hätte.

Und diese Frage stellte sich Daniel erneut, als **Bernd** ihn einige Stunden später mit dem Satz begrüßte: 'Sie und Ihre geniale Idee mit dieser famosen Alumni-Bergtour!,' wobei er allerdings ein Lächeln im Gesicht hatte.

Dennoch war **Daniel** besorgt: 'Sind denn alle gesund zurückgekommen?,' fragte er.

'Ja, das lässt sich so sagen,' antwortete **Bernd** etwas kryptisch.

Daniel: 'Das ist ja schon einmal gut - aber was war dann das Problem?
Hatten Sie einen Wettereinbruch?'

Ein Wettereinbruch mit Folgen
Bernd: 'Genau, das war's!
Sturmtief *Betty* hat mich voll erwischt!'

Auf Daniels suchenden Blick lachte Bernd: 'Genau gesagt heißt sie **Bettina** und hat damals zusammen mit mir studiert. Zu diesem Zeitpunkt waren wir aber jeweils in festen Beziehungen.
Aber inzwischen nicht mehr!,' strahlte **Bernd** Daniel an.

Dann, ganz langsam, fiel der Groschen in **Daniels** leerem Gesicht: 'Sie haben . . . ,' fing er an.

Und **Bernd** ergänzte: 'Ja, hab' ich!
Und seither sind Bettina und ich oft zusammen.
Sie kann richtig gut mit den Kindern - und sogar mit Uta, erstaunlicherweise.'
Daniel freute sich mit Bernd über diese Wendung zum Guten. Nachdem diese stabil blieb und Bernds Stimmung sich weiter verbesserte, konnte die Therapie einige Sitzungen später beendet werden.

Cynthia, eine gefährdete Patientin
Damit gehen wir jetzt zur Patientin **Cynthia**, der jungen Frau mit Anorexie und Suizidgedanken, von der **Daniel** weiter oben bereits berichtet hatte.

Dass Cynthia alle Medikamente zur Behandlung ihrer Depression ablehnte, war für Daniel nicht einfach.

Vereinbarungen vor der Therapie
Dennoch nahm er Cynthia letztlich als Patientin für eine Kurzzeittherapie an.
Vorher vereinbarte er mit der Patientin aber noch zwei Bedingungen für die Therapie.
Die eine war, dass Cynthia ihn oder das MVZ anrufen würde, bevor sie selbstgefährdende Maßnahmen plane oder durchführen würde. Dafür erhielt sie eine Notfall-Rufnummer mit ständiger Bereitschaft.

Die zweite Bedingung, die Daniel vor Beginn der Therapie mit Cynthia vereinbarte, bestand darin, dass sie sich einverstanden erklärte, ihren Arbeitsplatz nur dann zu kündigen, wenn sie vorher mindestens einen Vorvertrag für einen neue Stelle unterschrieben hätte.

Diese zweite Bedingung war Daniel wichtig gewesen, weil ihre Arbeit eine sichere Basis für Cynthias Leben bildete, auch wenn sie sich oft über die hohe Belastung und die unfreundlichen KollegInnen beschwerte.

Da auch Cynthia die beiden Bedingungen nachvollziehen konnte und damit einverstanden war, konnten nun die Sitzungen beginnen. Die ersten Stunden verliefen gut, mit der Einübung wertschätzender Wahrnehmungs- und Kommunikationsmuster, wobei Cynthia ganz allmählich an Vertrauen gewann.

Probleme am Arbeitsplatz

Doch dann kam es zu einem Konflikt in der Firma. Eine Vorgesetzte, mit der Cynthia ohnehin Probleme hatte, machte eine unpassende Bemerkung über Cynthias 'graziles Äußeres', was bei der Patientin zunächst ein *bulimisches Erbrechen* auslöste.

Aus Ärger über diesen Vorfall hatte **Cynthia** letztlich ihre Stelle im Affekt gekündigt - ohne dabei an die Bedingungen für die Therapie zu denken.

Daniel sagte zu ihr: 'Das war zwar zwischen uns anders vereinbart, aber ich kann verstehen, dass Sie mit dieser Chefin nicht mehr zusammenarbeiten wollten.
Und Sie haben ja schon länger den Plan, eine passendere Stelle zu finden. Und jetzt haben Sie auch den Grund und die Motivation dafür!'

Dem stimmte **Cynthia** zu und ließ sich von **Daniel** mit entsprechenden Übungen und Rollenspielen beim Schreiben von Bewerbungen und der Vorbereitung auf künftige Vorstellungsgespräche unterstützen.
Und ihre Chancen, eine passende Stelle auf dem Arbeitsmarkt zu finden waren gut, zumal sie von ihrem letzten Arbeitgeber gemäß ihren Leistungen in der Firma ein sehr gutes Arbeitszeugnis erhalten hatte.

Rückzugstendenzen

Doch dann begann **Cynthia** plötzlich, heftige und schwer nachvollziehbare Schuldgefühle wegen ihrer Kündigung im Affekt zu entwickeln.

Dabei zog sie sich mehr und mehr in ihr Zimmer in der Wohngemeinschaft zurück - manchmal sogar in ihr Kinderzimmer im Haus ihrer Eltern.

Diese Entwicklung gefiel **Daniel** gar nicht, weshalb er zu ihr sagte:
'Cynthia, diese Mauern des Abstands zwischen Ihren Eltern, von denen Sie berichten, die tun Ihnen nicht gut.
Das müssen Ihre Eltern selbst lösen.
Vielleicht in einer Paar-Therapie?'
Cynthia: 'Das haben meine Mutter und ich schon oft versucht - aber mein Vater hält nichts von Therapie!'

Daniel: 'Wenn das so ist, gilt um so mehr, dass dieses Konfliktfeld zwischen Ihren Eltern belastend für Sie ist.
Finden Sie Ihren eigenen Lebenssinn - und vor allem den richtigen Job, das wird Ihr Selbstvertrauen stärken, auch finanziell wieder auf eigenen Beinen zu stehen!'

Das hatte **Cynthia** auch so gesehen, weshalb sie die Job-Recherche nun aktiv angehen wollte. Danach hatte sie aber die nächste Sitzung bei Daniel wegen einer Erkältung abgesagt.
Beim folgenden Termin erschien Cynthia bei Daniel noch schmaler und blasser als er sie schon kannte, mit sehr dunklen Ringen unter den Augen.

Innere Zerrissenheit
Daniel fragte: 'Ist alles in Ordnung mit Ihnen? Sie sehen etwas mitgenommen aus.'

Cynthia: 'Es tut mir so leid - ich hab's eben noch mal gemacht!,' wobei sie in Tränen ausbrach. Dann erzählte sie Daniel, dass sie nach einem Wochenende bei den Eltern wieder in ihr Zimmer in der Wohngemeinschaft gegangen war. Dort machte ihr nichts mehr Sinn, weshalb sie schließlich 'viele Tabletten' einnahm.

Wie bei ihrem vorangegangenen Versuch, damals im Haus der Eltern, wurde sie rechtzeitig gefunden, diesmal von ihren Mitbewohnern, die sie in die Klinik brachten.

Daniel: 'Aber warum haben Sie mich nicht angerufen?'

Cynthia: 'Ich hab' es schlicht vergessen!'
Gleichzeitig bat Cynthia Daniel um eine Weiterführung der Therapie, da der erste Teil der Kurzzeittherapie sich nun dem Ende näherte.

Dazu meinte **Daniel**: 'Zunächst einmal, Danke für Ihr Vertrauen, dass Sie weiter mit mir arbeiten wollen.
Und vielleicht wird das ja noch möglich.
Aber im Moment muss ich bei allem Mitgefühl für Ihre schwierige Situation auch feststellen, dass Sie die beiden Bedingungen, unter denen wir die Therapie begonnen hatten, inzwischen gebrochen haben, mit sehr schwer wiegenden Konsequenzen.

Was dient der Patientin?
Das kann ich so nicht weiter verantworten, zumal wir mehrfach die Option von Medikamenten besprochen haben, was von Ihnen bisher immer abgelehnt wurde.

Aber solange Sie nicht wenigstens einen *Therapie-versuch* mit einem *Ketamin®-haltigen Nasenspray* oder mit *therapeutisch begleiteten Ketamin®-Infusionen* unternommen haben, ist ein 'weiter so!' in der Therapie einfach zu gefährlich.'

Über diese Entscheidung Daniels war **Cynthia** zwar nicht erfreut, aber sie verstand seine Argumente. Ein paar Wochen später machte sie wieder Kontakt mit ihm.

Durch den Leidensdruck in ihrem Leben motiviert, hatte Cynthia schließlich den Mut gefunden, Daniels Rat nachzugehen.
Zunächst ließ sie sich ein *Ketamin®-Nasenspray* verschreiben, wodurch sich ihre Stimmung bereits so weit besserte, dass sie wieder nach Job-Angeboten zu suchen begann.

Depressionsbehandlung mit Ketamin®
Aufgrund der guten Ergebnisse mit dem Nasenspray hatte Cynthia sich dann zu einer *Ketamin®-Infusions-therapie* entschlossen, ambulant in einer psychiatrischen Praxis, mit 3-6 je 45-minütigen Infusions-Erfahrungen, die therapeutisch begleitet wurden.

Beim nächsten Treffen mit **Daniel** nahm dieser bald ihre veränderte Haltung und Ausstrahlung wahr.

Cynthia: 'Als hätte jemand bei mir im Gehirn den Licht-schalter wieder eingeschaltet!

Speziell während den Infusionen - aber es wirkt immer noch nach.'

Im Laufe dieser Erfahrungen hatte Cynthia nicht zuletzt unmittelbar erkannt, in welchem Maße ihre Magersucht, ihre Bulimie-Attacken und ihre derzeitige Berufs- und Lebensverweigerung mit dem eingefrorenen Konflikt zwischen ihren Eltern verwoben und verstrickt waren.

Mögliche Paartherapie
Dabei war ihr aus tiefster Seele klar geworden, dass sie von jetzt an ihr Leben eigenständig gestalten und auch genießen wollte, selbst wenn sie ihren Eltern weiter alles Gute wünschte.

Ergänzend dazu hatte ihr **Daniel** die Rufnummer eines älteren und erfahrenen Paar-Therapeuten gegeben.

'Der könnte Ihren Vater vielleicht erreichen, auch wenn er gelegentlich etwas seltsam oder kauzig wirkt,' hatte er gemeint.

In den zwölf Sitzungen des zweiten Teils der Kurzzeit-Therapie konnte Cynthia sich schrittweise von ihrem selbstschädigenden Verhalten distanzieren.

Ihre bulimischen Brech-Attacken wurden nun weniger, während ihr Interesse an den guten Dingen des Lebens wieder zunahm.

Cynthia: 'Ich glaube es ja selbst kaum - aber ich habe wieder so etwas wie Appetit auf das Leben, ja genau, Appetit auf das Leben!,' erklärte sie Daniel in einer der letzten Stunden, in der sie ihm vorher beschrieben hatte, wie gut ihre neue Firma und ihre dortige Arbeitsstelle zu ihr passten.

Daniel freute sich mit Cynthia über ihre Fortschritte und gab ihr noch einige Buch-Tips zur weiteren Persönlichkeitsentwicklung. Siehe *Literaturverzeichnis*.
So viel - oder so wenig - zu den drei PatienInnen, von denen Daniel seiner Partnerin und Kollegin Cordula damals erzählt hatte.

Treu und Neu Reloaded
Und damit zurück zu Cordula und ihrem merkwürdigen Satz, der in abgewandelter Form auch für Daniels Patientin **Cynthia** ein nützlicher Dreh-Punkt war.

Im zweiten Teil der Therapie hatte **Daniel** sie durch diese Übung geführt: 'Stellen Sie sich vor, Sie hören sich selbst wie von ferne sagen: *'Liebe Mama, das ist zwar nicht neu, doch bleib' ich Dir auf ewig treu!'*
Oder: *'Lieber Papa, das ist zwar nicht neu, doch bleib ich Dir auf ewig treu!'*

Kurze Zeit nach der Arbeit mit diesem Satz in der Therapie hatte Cynthia wieder begonnen, Leute aus ihrem Freundeskreis zu kontaktieren und zu treffen.

Der 'treu und neu' Satz in Supervision Teil II

Doch wie erging es nun Cordula weiter, mit dem eben erwähnten *'treu und neu' Satz*, speziell in der nächsten Stunde bei **'Dr. Jones'**, wie sie ihren **Supervisor** innerlich nannte?

Gleich zu Beginn der Supervisionssitzung fragte dieser sie recht unvermittelt:
'Haben Sie diesen Satz vom letzten Mal außer bei Ihrem Patienten Ernst sonst noch angewandt?'

Unerwartete Auswirkungen
Und als Cordula dies verneinte, meinte **'Dr. Jones'**:
'Aber ich - Asche auf mein Haupt! Der Patient bekam einen heftigen Wutausbruch und hätte beinahe meine Praxis demoliert.'
Cordula: 'Oh je - ja, das kann auch passieren.
Hatten Sie denn einen *Bio-Energetik-Hocker* oder so etwas zur Hand? In so einem Fall kann das Schlagen auf einen Hocker mit einem passenden Schläger die Aggression ausdrücken und umwandeln, wenn man es entsprechend begleitet. Wie auch immer - auf wen war Ihr Patient denn so sauer?'

Ein Patient mit Zwangserkrankungen
'Dr. Jones': 'Vor allem auf seine Mutter. Der Patient, ich nenne ihn einmal **Martin**, ist sonst ein überkorrekter, hochkontrollierter Mann, der an mehreren, sehr störenden Wasch-, Putz- und Kontroll-Zwängen leidet.

Diese Zwänge, sowie Kommunikationsprobleme in der Familie und in der Arbeit hatten ihn in die Therapie gebracht.

Kurz zusammengefasst, stammt Martin aus einer Familie, die den Vater früh durch einen Unfall verloren hatte.

Der Patient wuchs also mit seiner Mutter, seiner Tante und seiner Großmutter väterlicherseits auf, zusammen mit seiner zwei Jahre jüngeren Schwester, die kurz vor dem Tod des Vaters gezeugt worden war.

Leider verwendeten vor allem die Mutter und die Tante Martin von klein auf quasi als einen Blitzableiter für ihre konflikthaften Erfahrungen mit Männern, wogegen er, als der kleine Junge in dieser von Frauen dominierten Familie, sich kaum erwehren konnte. Nur seine kleine Schwester und ab und zu die Oma halfen ihm ein wenig.

Herausforderung Herkunftsfamilie

An dieser traumatischen Situation hatten wir mehrfach gearbeitet, auch mit Hilfe von Träumen. Aber Martin ist so ein Patient - wie soll ich das sagen? - er ist praktisch mit sich selbst 'per Sie', in seinem ständigen Bemühen, alles richtig zu machen und zu kontrollieren.

Dabei hatte er bisher kaum Kontakt zu seinen Gefühlen, die er schon als Kind gelernt hatte zu verdrängen.

Und da dachte ich, dass dieser paradoxe Satz von Ihnen vielleicht nützlich sein könnte - und dann das!

Selten habe ich jemanden derart wütend gesehen - und nein, Bioenergetik-Hocker hatte ich keinen da, ist aber für solche Fälle wohl eine gute Idee.

Letztlich habe ich ihm ein großes Kissen zum Schlagen angeboten - und alte Telefonbücher zum Zerreißen. So konnte er die verletzenden Seiten in seinem Mutter-Bild in der Imagination selbst vernichten.

Das fühlte sich richtig an für Martin, aber danach war er erschöpft, hatte Muskelkater in den Schultern und war traurig.'

Gefühls-Arbeit
Cordula: 'Aber das ist doch ein gutes Ergebnis für Ihren Patienten.'

'Dr. Jones': 'Meinen Sie? Er war ziemlich durcheinander, als er gegangen ist.

Und ich selbst hatte starke Zweifel, ob die Übung mit diesem Satz wirklich etwas Gutes für ihn war. So heftige *kathartische Prozesse*, also *Gefühlsausbrüche*, sind bei meiner meist analytischen Arbeit eher selten - also einfach ungewohnt für mich.'

Cordula: 'Aber genau darum geht es doch meistens in den Therapien, den Menschen wieder den Zugang zu ihren meist sehr früh abgespaltenen Gefühlen zu ermöglichen!'

'Dr. Jones':
'Aber doch nicht auf Kosten des Praxismobilars!'

Cordula: 'Es tut mir ja leid, dass Sie mit dem Satz gleich auf so eine emotionale Ladung gestoßen sind.

Aber warten Sie doch ab, wie es Martin weiter geht. Denn aus seiner Gefühls-Blockade haben Sie ihn jetzt befreit, indem Sie ihn bei seiner Wut und bei seiner Trauer begleitet haben.
Vielleicht findet er so auch zum anderen Gefühls-Pol, also zu Nähe und Zärtlichkeit.'

Neu und Treu: Wann, Wie und bei Wem?
Danach berichtete **Cordula** von ihren Erfahrungen mit den 'treu und neu' Sätzen in der Arbeit mit ihrem Patienten Ernst: 'Wenn man den Satz vorher erklärt, nämlich dass es um die Wertschätzung und Integration der kindlichen Treue zu leidenden Eltern geht, dann wird er leichter angenommen.
Dabei ist jede Art von Ironie völlig fehl am Platz, weshalb wir den Satz nur dann nutzen sollten, wenn wir ihn der Patientin oder dem Patienten freundlich und zugewandt sagen können.'
'Dr. Jones': 'Damit haben Sie sicher Recht, nur so wird es ein konstruktiver und heilsamer Prozess.
Aber was machen Sie bei schwer traumatisierten Patienten, wie Martin zum Beispiel - oder mit Leuten, die es ablehnen, den Satz auszusprechen, im Setting mit dem *Leeren Stuhl?*'

Cordula: 'Ja, genau mit diesen Fragen befasse ich mich auch, seit dieser 'treu und neu' Satz entstanden ist. Eine weitere Frage, die bei jedem Fall abzuwägen ist, lautet:
'Wann im Therapieverlauf ist die Verwendung dieses Werkzeugs sinnvoll?'

Dazu nickte **'Dr. Jones'** mit einem angedeuteten Lächeln und **Cordula** fuhr fort: 'Diese Fragen können wir gerne noch diskutieren, denn Vorsicht und die genaue Auswahl der PatientInnen und des Timings sind bei diesem teils paradox wirkenden Instrument notwendig, um einen für alle sicheren Rahmen zu gewährleisten.

Indikationen
Aber sagen Sie, haben Sie den Satz denn auch für sich selbst ausprobiert?'

Daraufhin blinzelte **'Dr. Jones'** mehrfach, während seine Augen rasche Bewegungen nach links und rechts oben machten. Dann antwortete er: 'Das wissen Sie eigentlich schon so gut wie, weil Sie mir den Satz in der letzten Stunde selbst gesagt haben.'

Cordula: 'Ja, ich erinnere mich. Sie sind kurz in einen milden therapeutischen Trance-Zustand gegangen, in dem Sie den Satz vielleicht innerlich für sich selbst durchgespielt haben, mit Ihren eigenen Eltern?'

'Dr. Jones': 'Genau so war es. Und es hat mich erstaunt, wie direkt dieser Satz mich mit einigen wegweisenden Erinnerungen aus den früheren Jahren verbunden hat, die ich zum Teil in meiner Lehranalyse bearbeitet hatte.

Daher mein Optimismus beim letzten Mal, was diesen 'treu und neu' Satz angeht. Aber ich saß ja auch nicht auf so einer explosiven Emotionsladung wie etwa Martin.'

Cordula: 'Ja, gut dass Sie schon so viel an sich gearbeitet hatten, damit ist es sicherer, so ein gezielt paradoxes Werkzeug zu verwenden. Und es gibt Situationen, in denen dieser 'treu und neu' Satz an die Eltern auch kontraindiziert sein kann.'

Kontraindikationen
'Dr. Jones' schaute sie fragend an.

Cordula: 'Ja, das wurde in den Diskussionen zu dem Thema mit meinem Lebenspartner und Kollegen Daniel klar. Wenn sich etwa ein Elternteil das Leben genommen hat oder bei einem Unfall oder durch schwere Krankheit früh verstarb, *sollte der Satz nicht verwendet werden.*

Mögliche Varianten des Satzes
Und bei schwerer traumatisierten, oft emotional stark gestauten Patienten wie Ihrem Martin oder auch Borderline-Patienten, gibt es Möglichkeiten, den Satz so abzumildern, dass derart heftige Wutausbrüche wie bei Ihrem Patienten vermutlich in den meisten Fällen vermieden werden können.

So kann man einer Patientin beispielsweise erklären, dass sie sowohl sich selbst als auch das Elternteil, dem sie den 'neu und treu' Satz sagt, in ihrer Imagination wie 'in der Ferne' sieht, während sie den Satz mitteilt.

Wenn auch das noch zu schwierig ist, lässt sich imaginativ noch eine Milchglasscheibe dazwischen schieben, um sicheren Abstand herzustellen.

Außerdem lässt sich auch auf dieses ganze Setting mit Leerem Stuhl plus - meist - Mutter oder Vater verzichten, indem ein Patient gefragt wird:
'Wie fühlen Sie sich, wenn Sie aus der Ferne hören, dass Sie den folgenden Satz sagen?'
Danach wird der Satz mitgeteilt, wobei wir auch bei dieser vereinfachten Form möglichst auf jede Reaktion gefasst sein sollten.

Die Wirkung im Stillen
Damit sind wir auch bei Ihrer Frage nach Patienten, die diesen Satz nur bei einem Elternteil oder gar nicht aussprechen wollen. Das muss immer akzeptiert werden, sonst endet die Therapie in der Sackgasse eines überflüssigen Machtkampfs.
Aber der Satz lässt sich so erklären, dass dieser Konflikt erst gar nicht entsteht.'

'Dr. Jones': 'Das hört sich ja spannend an - aber wie soll das konkret gehen?'

Cordula: 'Vor allem, indem wir die Option, den Satz nur innerlich und im Stillen auszusprechen oder ihn einfach bloß zu hören, gleich zu Beginn mit anbieten.

Wenn ich also eine Patientin hätte, der ich erklärt habe, dass dieser merkwürdige paradoxe Satz dazu dient, die eigene kindliche Treue zu verstrickten Eltern anzuerkennen und besser zu integrieren, dann würde ich diese Patientin etwa so anleiten:

'Wenn Sie wollen, können Sie diesen 'treu und neu' Satz jetzt Ihrer Mutter oder Ihrem Vater gegenüber direkt laut aussprechen, mit mir als Zeugin, was den meisten PatientInnen hilft.

Aber manchmal ist die Wirkung vielleicht sogar besser, wenn der Satz nur leise und im Inneren gesagt wird.

Oder wenn der Satz bloß gehört wird, als würden Sie ihn selbst sagen, wie aus weiter Ferne.'

Etwa so könnte das Angebot sein, um Konflikte zu vermeiden, was das direkte Aussprechen des Satzes angeht.'

'**Dr. Jones**': 'Chapeau! Hut ab, eine elegante win-win-Lösung für die Patientin - und Sie als Therapeutin können in Ihrer Mitte bleiben, ganz gleich, wie sich die Patientin entscheidet.

Ja, durch diese Ergänzungen und Abmilderungen des Satzes selbst wie auch des Settings, die Sie eben genannt haben, lässt sich dieses Werkzeug viel genauer auf die Bedürfnisse der einzelnen Menschen abstimmen. Das macht mir Mut, den Satz behutsam weiter zu nutzen.'

Mit Behutsamkeit
Cordula: 'Ja, die Behutsamkeit ist dabei ganz zentral.

Denn dieser paradoxe 'neu und treu' Satz kann so etwas wie ein 'Passe-Partout', eine Art *Universal-Schlüssel* sein, der es den leidenden Menschen ermöglicht, sehr direkt Kontakt zu den weichenstellenden Szenen ihrer Kindheit und Jugend herzustellen, bewusst oder unbewusst.

Und auch wenn diese Variationen des Satzes und des Settings die Anwendung sicherer machen, so bleiben trotzdem die Kontraindikationen, die hier noch einmal wiederholt werden: *Wenn sich etwa ein Elternteil das Leben genommen hat oder bei einem Unfall oder durch schwere Krankheit früh verstarb, sollte der Satz nicht verwendet werden.*

Und bei aller Vorsicht in der Anwendung müssen wir wohl immer damit rechnen, dass so ein paradoxer und unmittelbar regressionsfördernder Satz wie dieser 'treu und neu' Satz bei manchen Leuten auch Wut- und Tränenausbrüche auslösen kann, wie Sie es erlebt haben.'

'Dr. Jones': 'Der Bioenergetik-Hocker steht schon auf meiner to-do Liste.

Außerdem müssen wir auch damit rechnen, dass dieser Satz gelegentlich die notwendige Therapie-Dauer verkürzen könnte. Aber ob das sinnvoll ist?'

Cordula: 'Dazu fällt mir ein kurzes Gedicht ein.'

warum?

Das ist der tiefe Sinn
des ganzen Durcheinanders:

Es ist so wie es ist -
und Punkt.

Es sei denn,
es ist anders.

Die Tafelrunde

Den Teilnehmern in einem fortgeschrittenen Theologie- oder Psychologie-Seminar wird von der Leitung mitgeteilt, dass an diesem Tag praktische Selbst-Erfahrung durch Beobachtung von Feldstudien geben wird.

'Als erstes sehen Sie hier die *Hölle*.'
Durch eine *Einwegscheibe*, wie sie manchmal auch in der *Familientherapie* Verwendung findet, blicken die Seminar-Teilnehmer auf eine Gruppe von Menschen, die um einen Tisch herum sitzen. In der Mitte des Tischs steht ein großer Topf mit leckerem Essen.
Und die Leute, die um den Tisch herum sitzen, haben alle ziemlich lange Löffel, mit denen sie versuchen, das gute Essen aus dem Topf in der Mitte des Tischs heraus - und in ihren Mund hinein zu befördern.
Weil das aber jeder für sich und alle gleichzeitig machen, verwirren sich die langen Löffel, das Essen fällt herunter und es gibt lauten Streit.

Dann werden die Teilnehmer weitergeführt, zu einer *anderen Einwegscheibe*.
Auf den ersten Blick sieht es in dem Raum dahinter fast genau so aus, wie in dem Zimmer von eben. Nur ruhiger ist es. Dann hören sie die Mitteilung:
'Schauen Sie. Hier zeigt sich der *Himmel*.'
Und dann sehen sie es:
Auch hier die langen Löffel, aber diesmal füttern sich die Menschen gegenseitig.

Neu. Ein Ausklang

Paare
Nicht wundern, nur ärgern

Was ist jetzt das Ergebnis dieser kleinen Sammlung von Fallberichten?

Sie haben einige Methoden und therapeutische Ansätze kennengelernt, die für die Besserung und Heilung psychischer Störungen nützlich sein können.

In der realen Praxis ist das Spektrum an Personen, die eine Therapie machen, natürlich wesentlich größer, als in den berichteten Fällen.

PatientInnen jeden Alters und aus allen Schichten
Wenn wir davon ausgehen, dass werdende Babies im Bauch der Mutter besonders offen und empfänglich für alle Eindrücke sind, dann gehören diese zu den jüngsten PatientInnen in der Therapie.

Babies, Kinder und Jugendliche
Dann die Kinder und Jugendlichen, *die sich aus guten Gründen 'um ihre Eltern kümmern'*, indem sie psychisch oder körperlich krank werden, die schulischen oder Ausbildungsleistungen einbrechen, oder indem sie es schlicht 'nicht schaffen', dauerhaft aus dem Heim der Eltern auszuziehen.

Hier als Therapeutin zu versuchen, dem jungen 'Nesthocker' vor allem Mut zur progressiven Lebensbewältigung mit baldigem Auszug und Abschluss der Ausbildung zu machen, ist zwar verständlich.

Und doch mitten in einer *therapeutischen Sackgasse*.
Und das, obwohl der Therapeut doch korrekt motiviert
hatte - oder?

Die Stabilisierung der Familie wertschätzen
Doch, die Motivation zur Eigenständigkeit braucht die
Patientin sicher auch, aber vor allem anderen als erstes
eine Anerkennung ihrer Leistung für die Familie.
Für manche Kinder und Jugendliche ist es sehr schwer,
sich von ihren streitenden oder distanzierten Eltern mit
oft 'erloschener Feuerstelle' abzugrenzen und dann ihr
eigenes Leben zu beginnen.
Neben Verständnis und Einfühlung sowie Nachfragen
und Zuhören kann hier auch der *'neu und treu' Satz* eine
therapeutische Ergänzung sein.

Die Phase der Partnerwahl
Dann die vielen jungen Menschen vor oder in einer be-
ginnenden Partnerschaft, die - nicht zuletzt wegen von
ihnen selbst erlebten schwierigen Herkunftsfamilien -
mit heftigen Ambivalenzen hinsichtlich einer festen
Beziehung, fließender Intimität und möglicher künftiger
Elternrolle zu kämpfen haben.

Aufräumarbeiten
Manchmal auch deshalb, weil bestimmte Ereignisse, wie
etwa die Trennung der Eltern oder der frühe Tod eines
Geschwisters, erst in einer Therapie aufgearbeitet und
integriert werden sollen, bevor der Schritt in eine langfristig angelegte Partnerschaft oder Ehe gewagt wird.

Kranke Paare und Familien

Und weiterhin das *'vielfältige Thema mit Variationen'* der Patientinnen und Patienten in schwierigen, unglücklichen oder krisenhaften Beziehungen, oft nach ein bis zwei Kindern, mit Wohnungs- oder Haus-Hypothek, und mit viel Belastung in der Arbeit.

Auch hier kann Therapie helfen - wenn es nicht bereits 'zu spät' ist für ein bestimmtes Paar, weil dessen trennende Zentrifugalkräfte, wie gesehen oft befeuert durch *retrograde Loyalitäten zu den Eltern,* schon zu stark geworden sind.

Formen der Paartherapie

Auch wenn es eine *Außenbeziehung* durch einen der Partner gegeben hat, kann es für ein Paar eine große Herausforderung sein, wieder zu tragfähigem Vertrauen und liebevoller Intimität zurück zu finden.

Wenn Paare in derartigen Krisen- oder Prä-Trennungs-Situationen noch bereit sind, der Partnerschaft eine neue Chance zu geben, kann Einzel- und Paartherapie sinnvoll sein, um alten Ballast aufzuarbeiten, wie in den Falldarstellungen gesehen, aber auch, um das Paar beim Wiederfinden der gegenseitigen Wertschätzung und Anerkennung zu unterstützen.

Lang lebe die Gegenwart!

Alle Weisheits- und Liebes-Traditionen der Menschheit weisen uns darauf hin, *dass Dankbarkeit und Glück nur im jetzigen Moment gefunden werden können.*

Übungen in Achtsamkeit und Zeiten der gemeinsamen Meditation schaffen neue Begegnungsräume für Paare, die sich darauf einlassen wollen.

Gelingende Intimität

Liebe Leserin, lieber Leser,
wenn Sie zu den glücklichen Paaren gehören, die mit ihrem Liebesleben rundum zufrieden sind, können Sie die nächsten Zeilen eher überfliegen.
Allerdings sind - je nach Statistik - nur 16 bis 60% der Paare wirklich mit ihrer Sexualität zufrieden.
Mit anderen Worten: 40 - 84% der Paare leiden an einer *Anhedonie,* also einer pathologischen *Freudlosigkeit* im Intimbereich, wie wir bereits in den Falldarstellungen gesehen haben. Also stellt sich die Frage, wie Paare, die dazu motiviert sind, dieser häufig erst spät bemerkten, schleichenden *Anhedonie* wieder entrinnen können, um stattdessen zu einer *fließenden und liebevollen Intimität* zurück zu finden.

Über die eigenen Bedürfnisse und Wünsche reden

So banal das auch klingt: Möglicherweise beherrscht Ihre Partnerin oder Ihr Partner noch nicht alle telepathischen Fähigkeiten.
Deshalb hilft es, wenn Sie auf dem Weg zurück zu Nähe und geteilter Freude schlicht miteinander reden:
'Das tut mir gut - und das eher nicht.'

So simpel das erscheint, so schwierig ist es, wie gesehen, doch bei vielen Paaren, angesichts des nach wie vor Tabu-Themas Sexualität und vielfach eingeschliffenen Abstands- oder Streit-Mustern.

Abschottung und Streit loslassen

Denn es ist eine große Herausforderung, die scheinbare Machtposition aufzugeben, die eisiges Schweigen oder heiß eskalierende Konflikte sonst ermöglicht hätten.

Andererseits winkt Paaren, denen es gelingt, das alte schlechte Spiel gegenseitiger Abwertung und Verletzung zu beenden, auch ein wesentlicher Gewinn.

Denn die Energie, die bisher in Streit und Verachtung ging, kann jetzt in anderen Bereichen genutzt werden.

Liebevolle Nähe und orgiastisches Erleben ermöglichen

Auch wenn es im heutigen Internet-Zeitalter mit allseits erotischen Formaten vom Zeitschriften-Kiosk zu Tinder® bis You-Tube® kaum zu glauben ist:

Viel zu viele Menschen haben nicht einmal mit sich selbst Sex. Dabei verliert sich die Übung, wodurch auch für Paare die Erotik schwieriger wird, was dann oft zu Vermeidung führt.

Wenn aber zum Beispiel eine Frau gelernt hat, wie sie für sich selbst einen Höhepunkt erleben kann, dann ist sie auch in der liebenden Vereinigung mit ihrem Partner in der Lage, ihr Glück in die eigenen Hände zu nehmen.

Dafür braucht es aber einen Mann als Partner, der es gelernt hat, seinen Orgasmus-Reflex zumindest für eine Weile zurück zu stellen.

Das Timing beim Orgasmus des Mannes

Für manche Männer ist diese Kontrolle über den Orgasmus-Reflex eine angeborene Fähigkeit - Chapeau!

Der überwiegende Rest der Männlichkeit hat jedoch weniger Fortune und ist daher auf 'Übende Verfahren' angewiesen. Hier nur die wichtigsten Optionen.

1.) *'Play it again, Sam.'* *'Wir probieren es noch einmal.'*
Sprich: Der Mann hatte - am Abend vorher oder vor einigen Stunden - bereits einen Höhepunkt.
Wenn das Paar dann erneut zusammenkommt, hat der Mann meist ein längeres Steh-Vermögen, wodurch er seine Partnerin bei ihrem Weg in die orgiastischen oder poly-orgiastischen Gärten besser begleiten und unterstützen kann.

2.) *'Der Mann lernt das Surfen bei hoher Energie.'*
Was heißt, dass der Mann auch bei der Masturbation übt, die Erregung bis kurz vor dem Orgasmus ansteigen zu lassen - und dann die Erektion wieder abflauen zu lassen.

Wer diese Art *'Containment'*, also diese Übung der Sammlung etwas regelmäßiger und mehrfach durchführt, erreicht im Lauf der Zeit eine deutlich bessere Reflex-Steuerung.   Mann muss es nur wollen!

3.) *'Beruhigende Kräuter oder Medikamente.'*
Hier ist unter anderem der Baldrian zu nennen, sowie Lidocain®-haltige Cremes - sparsam! - für den Penis.

4.) *'Haben Sie Musik im Schlafzimmer?'*
Eine Musik-Anlage, eine Kerze und ein guter Duft . . .

Zusammen zur Quelle finden

5.) *'Die Tantrische Grundposition'*

Vielfach bekannt, selten genutzt. Die Frau liegt dabei auf dem Rücken, der Mann meist auf der linken Seite.

Vorteil: Beide sind entspannt und haben freie Hände.

6.) *'Die entspannte Pause.'*

Diese, an sich höchst einfache Übung braucht die gleichzeitige Schulung der Achtsamkeit des Mannes.

Dadurch bemerkt er nun rechtzeitig, wenn sich sein Orgasmus-Reflex beginnt anzubahnen. Das gibt ihm die Möglichkeit, der Partnerin eine Pause in der Vereinigung anzubieten, bis die Erregung etwas abgeklungen ist.

Durch solche, genau erfüllte Pausen in der liebenden Umarmung gewinnt das Paar den wichtigen Freiraum eines längeren Beisammenseins in Gelassenheit.

7.) *'Im Angesicht des großen Du.'*

Dies ist ein grundlegendes Element, das einem Paar helfen kann, sich ganz aufeinander einzulassen.

Damit ist eine sehr meditative Haltung in der Intimität gemeint, durch die das Paar in der Vereinigung zur ursprünglichen Quelle der Liebe findet.

Werden diese Erfahrungen wieder oder auch erstmals gewagt, dann können entfremdete Beziehungen neu belebt, unnötige Trennungen vermieden und den jeweiligen Familien dauerhafte und liebevolle Stabilität ermöglicht werden.

Vielleicht wäre es ja die Mühe wert. Immerhin wurde auch schon das Fahrradfahren erlernt, wo es ebenfalls um die andauernde Kontrolle über die richtige Balance geht. Darauf lässt sich aufbauen.

Oft aber ist die Bereitschaft oder Fähigkeit zu Nähe und Intimität bei einem Paar derart verletzt und blockiert, dass ergänzende Interventionen notwendig sind, um hier Besserung oder gar Heilung zu ermöglichen.

Dabei geht es um die kontrollierte, medizinische Anwendung von **Psycho-Aktiven Substanzen**, kurz **PAS**.

Dass einige dieser PAS auch *als Aphrodisiaka leidenden Paaren gezielt helfen* könnten, wird bisher in Therapie und Medizin kaum wahrgenommen.

Psycho-Aktive Substanzen in der Paartherapie

So erweist sich das häufig leider auch von medizinischer Seite unwissenschaftlich 'beschimpfte' *Cannabis* als ein echtes Heilmittel - nicht nur, aber eben gerade auch für emotional entfremdete Paare.

Auch die frei erhältliche, anti-depressiv wirkende PAS *Ibogain* kann hier in *Mikrodosen* am Abend helfen.

Noch heilsamer in der 'Wiederbelebung erkalteter Paar-Beziehungen' ist die Substanz **MDMA**, die bereits in den 1970-80er Jahren unter dem Namen **Empathy**, also *Mitgefühl*, in der Therapie verwendet wurde, sowohl für Gruppen- und Einzelsitzungen, aber auch für Paare.

MDMA wurde *2023 in Australien* als erstem Land für eine *kontrollierte medizinische Anwendung* zugelassen.

Für den *11. 8. 2024 wird die Zulassung durch die FDA in den USA erwartet*, was vor allem dem unermüdlichen Einsatz von **Rick Doblin, Ph.D.** und dem von ihm ins Leben gerufenen gemeinnützigen Verein **MAPS** zu verdanken ist.

Buch 'Alice' zum Thema: Psycho-Aktive Substanzen in der Einzel-, Paar- und Gruppentherapie

Näheres zum Thema *PAS in der Psychotherapie* finden Sie in unserem Buch: *'Alice - durch Feuer und Wasser'* sowie in den Artikeln: *'Frieden ist lernbar!'* und: *'Quo vadis, humanitas?*, siehe *Literaturverzeichnis*.
Hierzu noch ein PS:

In der Dauer liegt die Power.
'Fast alle Aufgaben,
die in kurzer Zeit erledigt werden können,
lassen sich auch
in sehr viel längerer Zeit erfüllen.'

Ist das Heilungspotential der PAS politisch gewollt?
Dieser Weg der *kontrollierten medizinischen Anwendung geeigneter PAS* in der Therapie könnte bei sehr vielen PatientInnen, Paaren und Familien grundlegend helfen - sobald der politische Wille dafür da ist.

Ist das Friedenspotential der PAS politisch gewollt?
Und bei entsprechender Anwendung weltweit würden diese PAS dazu beitragen, dass schwer traumatisierte, pathologisch egomane Autokraten es künftig deutlich schwerer hätten, an die Macht zu gelangen.

Weil die durch Erfahrung klug gewordenen Wähler kaum noch Leute in Führungspositionen wählen würden, die bisher keine PAS-Erfahrungen gemacht haben.

Das mag idealistisch oder utopisch klingen. Dennoch gilt: Personen, die solche Erfahrungen *im sinnvollen Setting* gemacht haben, legen meist keine Brände mehr.
Stattdessen helfen sie beim Löschen.

Die PatientInnen im vorgerückten Alter

Ja, und dann sind da noch die älteren, alten und ganz alten PatientInnen, die ab und zu ebenfalls eine Psychotherapie wünschen.

Zum Beispiel die Patientin **Rita**, etwa Anfang sechzig, aus wohlhabendem Haus, verheiratet und Mutter von vier erwachsenen Kindern, die bei der Ärztin und Psychotherapeutin **Cordula** wegen depressiven Symptomen und Angstattacken um einen Sitzungstermin bittet.

Doch Cordula kann bei der Anamnese *kaum Problem- oder Konfliktfelder* in **Ritas** Leben erkennen.

Im Gegenteil: Die dynamische und deutlich jünger wirkende Patientin berichtet Cordula von verschiedenen exklusiven Hobbies, für die sie und ihr Mann, nach dessen Pensionierung als leitender Manager in der Industrie, nun mehr Zeit hätten.
Etwa reiten, fliegen mit Motor-Hang-Glidern oder Jet-Ski fahren im Meer.

Allerdings beklagt sie relativ häufige Konflikte mit ihrem Mann, was den Umgang mit den Kindern angeht.

Als Cordula nachfragt, ob sie - abgesehen von diesen Hobbies - auch gute Zeiten mit ihrem Mann erlebt, etwa in der Erotik, antwortet Rita, dass sie und ihr Mann diesen Bereich gut und erfüllend leben könnten.
Dazu kann **Cordula** ihr nur gratulieren.

Ein glückliches älteres Paar?
Doch dann erzählte die Patientin *einen Traum aus den letzten Tagen*, in dem ihre beiden Töchter erkrankt waren, was ihr im Traum Sorgen machte.

Regie im eigenen Traum
Unter Cordulas Anleitung schaute Rita auf mögliche Problem- und Lösungsvarianten ihres Traums, wobei sie lernte, in Wachzustand in ihren Träumen selbst Regie zu führen.
Wegen der wiederholten Klagen der Patientin über die Streitereien mit ihrem Mann fragte die Therapeutin sie schließlich, ob vielleicht eine Sitzung mit ihrem Mann sinnvoll sei?

Eine Sitzung mit dem Partner der Patientin
Da **Rita** dem zustimmte, wurde auch mit **Hubert**, ihrem Mann, ein Termin vereinbart.
In der Sitzung bat **Cordula** ihn, ihr dabei zu helfen, mögliche Wege der Besserung und Heilung für die Depressionen und Ängste seiner Frau zu finden.

Dazu war der etwas bedrückt wirkende **Hubert**, selbst Mitte sechzig, gern bereit.

Doch als **Cordula** ihm ein Kompliment wegen der erfüllenden Intimität mit seiner Frau machte, winkte er ab.

Cordula: 'Wieso das? Ihre Frau sprach doch von einer schönen und gelingenden Intimität?
Das müssen Sie mir erklären!'

Erfüllende Erotik?

Hubert: 'Ja, in den jüngeren Jahren war es schon ok, irgendwie.
Und für die Kinder hat es ja auch gereicht . . .'

Cordula: 'Aber?'

Hubert: 'Ja, es war halt immer schwierig, weil Rita nie einen Höhepunkt hatte.'

Meine Mutter hat gesagt

Als **Cordula** in der nächsten Stunde bei **Rita** zu dieser Situation nachfragte, erklärte sie: 'Mir wurde damals *von meiner Mutter gesagt*, dass das nicht so wichtig sei, mit dem Orgasmus.
Womit sie wohl gemeint hat, dass die Männer ohnehin schon alles hätten - weshalb sollten die Frauen ihnen das auch noch nachwerfen?!'

Cordula war bestürzt über diese langfristig blockierte Liebesenergie, weshalb sie versuchte, Rita und Hubert in einer *Paarsitzung* Mut für einen Neuanfang zu machen.
Das Ergebnis blieb offen.

Liebe braucht Mut

Weshalb gerade dieser Fallbericht hier im Epilog dieses Texts? Damit Sie, liebe Leserin, lieber Leser, möglichst nicht irgendwann feststellen müssen:

'Oh - da wäre ja etwas Wunderschönes gewesen, das wir hätten teilen können, wenn wir es uns erlaubt hätten!'

Aber oft halten wir uns doch lieber an **Karl Valentin** und dessen zeitloses Motto:

'Meng hätt ma scho wolln -
Aba dürfn hamma uns ned traut!'

'Mögen hätten wir schon gewollt -
Aber dürfen haben wir uns nicht getraut!'

Doch so originell und treffend dieser Spruch von Karl Valentin die *häufigen Komplexe im Bereich Nähe und Intimität* auch umreißt - dennoch sollten wir uns dabei vielleicht ergänzend fragen:

'Wollen wir das weiter so?'

Gelingende Intimität wertschätzen

Denn auch dazu soll der obige Fallbericht inspirieren:
Dass die Abwertung einer liebevollen Frau-Mann-Partnerschaft mit einer gelingenden, für beide orgiastischen Intimität endlich aufhört.

Eine Entwertung, die von den Eltern teilweise auch heute noch an ihre Kinder weitergegeben wird, die in der Folge an der blockierten Liebe ebenso leiden, wie schon ihre Eltern.

Heilsames Du-Sagen

Denn nur durch das wieder neu erlernte liebevolle Du-Sagen zwischen Frau und Frau, Frau und Mann und Mann und Mann - sowie zwischen Eltern und Kindern, in jeweils angemessener Form - nur dadurch können die Krisen und Kriege der Paare, Familien und Nationen dauerhaft überwunden werden.

Das hohe Alter

Aber auch ältere und hochbetagte PatientInnen fragen gelegentlich nach einer Psychotherapie.

Denn in dieser Zeit, also circa den 60er bis 80er bis 108er Jahren, in dieser vorgerückten Phase 'kommen die Einschläge näher', wie es heißt.

Zunächst vielfach das mehr oder weniger abrupte Ende der Berufslaufbahn mit den entsprechenden Auswirkungen - *'Papa ante Portas'*, zum Beispiel.

Dann aber auch körperliche, altersbedingte Einschränkungen und Krankheiten - sowie schließlich die immer näher rückenden Todesfälle bei Verwandten und Freunden, wie auch bei altbekannten, vertraut wirkenden Personen aus dem öffentlichen Leben, wie Kunst, Politik und Sport.

Die verstorbene Partnerin

So fragt vielleicht ein Patient nach einer Therapie, der selbst in den 60er oder 70er Jahren ist und der vor kurzem seine geliebte Frau verloren hat.

Der Patient, den wir hier **Paul** nennen, arbeitet weiterhin in einem handwerklichen Beruf, was ihm Halt gibt.

Aber der Kampf gegen den aggressiven Krebs seiner Frau, mit den belastenden Nebenwirkungen der Medikamente und den Schmerzen durch die Krankheit, hatten den vorher fröhlichen Vater von drei erwachsenen Kindern schwer gezeichnet.

In der Therapie sagte der **Patient** zu Daniel: 'Ich bin ja dankbar für unsere Kinder. Und in der Phase, als es meiner Frau Helga immer schlechter ging, haben sie mich wirklich gut unterstützt. Ganz liebe Kinder.

Aber sie müssen alle im Beruf viel leisten und haben selbst zum Teil mehrere kleine Kinder, da ist nicht so viel Zeit, auch weil die Familien recht verstreut wohnen.

Und meine depressiven Gedanken-Karusselle mit dem Durcheinander im Haus sind natürlich auch nicht so anziehend für die Kinder.'

Mit diesen Worten vertieften sich die dunklen Schatten der Trauer, Resignation und Verschlossenheit wieder in Pauls Gesicht.

Erst als **Daniel** die Idee hatte, ihn nach einem Bild seiner Frau zu fragen, erschien in den Augen des Patienten ein kurzes zaghaftes Lächeln.

Auf dem Bildschirm des Smartphones sah Daniel eine kraftvolle und attraktive Frau in den besten Jahren, woraufhin er **Paul** nochmals sein Beileid erklärte.

Daniel: 'Jetzt verstehe ich Sie noch besser. Da war eine große und dauerhafte Liebe zwischen Ihnen beiden. Da schmerzt der Abschied umso mehr.'

Jetzt begann **Paul**, sich für den Dialog zu öffnen und erzählte unter Lachen und Weinen die Geschichte von Helga und Paul und ihrer Familie.

Nach einer Weile konnte Daniel den selbst-deklarierten Nicht-Leser Paul sogar für ein Buch interessieren: *'Dem Leben neu vertrauen'*, von **Elisabeth Kübler-Ross** und **David Kessler**, siehe *Literaturverzeichnis*.

Abschiedsbrief mit Feuerritual am Fluss
Später schrieb er auch einen *Abschiedsbrief* an seine verstorbene Frau, wobei der Brief in einem Feuer am Fluss verbrannt und damit 'zugestellt' wurde.

Langsam wich die lähmende Trauer von Pauls Geist.
Und als der Frühling sich ankündigte, machte er Schritt für Schritt wieder Kontakt mit seinem Freundeskreis, beim Kegeln, in der Kirchengemeinde und auch in einem Tanzcafe, das er von früher kannte.

Die Therapie endete, als der Patient gerade mit einer Reisegruppe einen Urlaub für den Sommer plante.

Ein älterer Patient mit psychiatrischer Diagnose
Ein anderer Patient im höheren Alter, mit dem Daniel zu tun hatte, war **Herbert**, Ende siebzig, der seine Frau schon vor vielen Jahren durch einen Unfall verloren hatte.

Er war ein erfolgreicher Diplom-Ingenieur im Maschinenbau gewesen, hatte den Beruf jedoch Anfang sechzig aufgeben müssen, da er vermehrt psychische Probleme mit wahnhaften Ideen entwickelte, was letztlich als *Schizophrenie* diagnostiziert und mit *anti-psychotischen Medikamenten* behandelt wurde.

Inzwischen lebte der Patient in einer betreuten Wohngemeinschaft, wo er mit einer niedrig dosierten Medikation zur Rezidiv-Prophylaxe meist gut zurecht kam.
Da er in letzter Zeit jedoch öfter depressiv verstimmt war und seine Mitbewohner durch 'seltsame Vorstellungen' störte, wurde ein Termin bei **Daniel** vereinbart.

Als er aber auf dem Überweisungsschein das Alter des Patienten sowie die Diagnose: *'Schizophrenes Residuum'* gelesen hatte, was soviel wie 'schizophrener Restzustand' bedeutet, war er sich zunächst nicht sicher, ob eine therapeutische Arbeit in diesem Fall noch Sinn machen würde.
Doch bei der ersten Begegnung mit dem Patienten war er überrascht, zwar einen älteren Herrn, mit schlohweißem Haar vorzufinden, der sich ansonsten aber sehr gerade hielt und leicht Kontakt machte, was bei seiner Diagnose nicht selbstverständlich war.

Erst als Daniel nach seinen Problemen fragte und was er mit der Therapie erreichen wolle, wurde die Situation deutlicher. Denn **Herbert**, der Patient, begann daraufhin, geradezu 'das Blaue vom Himmel' zu phantasieren und zu fabulieren:

Phantastische Erzählungen

'Ja, ja Herr Doktor, dort in der Wohngemeinschaft ist es nicht mehr sicher - da gibt es einen gefährlichen Brenner im Keller, deshalb hab' ich ja die Feuerwehr gerufen.

Da hat die Überschwemmung bei Ulrike im dritten Stock auch nichts mehr genützt, aber sie haben mich nicht die Polizei rufen lassen, die Freunde und Helfer.
Außer - außer sie überwachen Dich!
Ja, da sind einige vom FBI, BBC und CIA hinter mir her. . .'

An dieser Stelle unterbrach ihn **Daniel** mit den Worten:
'Gut, dass Sie aufgepasst haben, wegen dem Feuer und der Überschwemmung!,' was ihm ein halbes, schräges Lächeln und einen erstaunlich direkten Blick seitens des Patienten einbrachte.

Der verfolgte Patient

'Und was diese Kontroll-Freaks vom CIA und so angeht - da hatte ein Kollege von mir vor einer Weile einen Patienten mit ähnlichen Überwachungsproblemen.

Dieser Patient wurde von mehreren Leuten verfolgt, da war er sich ganz sicher.

Doch das machte sein Leben sehr schwierig, weil er ständig Vorkehrungen treffen musste, um seine Verfolger abzuschütteln.'
Hier machte Daniel eine kurze Pause, während der sein Patient **Herbert** zustimmend nickte.

Dann fuhr **Daniel** fort:
'Der Kollege, zu dem dieser Patient, der sich so verfolgt fühlte, dann wegen seiner schwierigen Lebenssituation ging, hörte sich dessen Erzählung zunächst in Ruhe an.

Keine Chance den Verfolgern!

Aber dann begann er, zusammen mit dem Patienten besonders geeignete Strategien zu entwickeln, um mögliche Verfolger und Überwacher gezielt in die Irre zu führen und sie damit effektiv abzuschütteln.
Zu Begin machte der Patient begeistert mit - noch kein Therapeut oder Doc hatte ihm auf diese Art geholfen - aber als die Pläne, wann und wo er möglichst schnell Fahrrad, U-Bahn, Bus und sonstige Verkehrsmittel wechseln sollte, sich immer komplexer und zeitaufwendiger gestalteten, schwand sein 'Vermeidungs-Enthusiasmus' allmählich.

Der Therapeut hinter dem Vorhang

Doch erst, als der Patient am Beginn einer Sitzung den Therapeuten neben dem Fenster und hinter dem Vorhang vorfand, bahnte sich ein Wendepunkt in der therapeutischen Arbeit an.

Therapeut: 'Heute habe ich es selbst gesehen - der Typ war hinter Ihnen her.
Und jetzt wartet er dort an der Ecke.'

Doch als der **Patient** zu ihm ans Fenster kam, war niemand zu sehen.

'Die sind sehr geschickt!', hatte der **Kollege** dazu noch kommentiert.
In der Folge wurde es diesem Patienten immer weniger wichtig, ob ihn jemand verfolgte oder überwachte.
Stattdessen wandte sich die Arbeit in der Therapie jetzt anderen Themen zu.'

Herbert hatte Daniels Fallbericht interessiert zugehört.
Danach war er zugänglicher für Daniels Fragen nach seiner Wohnsituation, seinen Hobbies und den Freunden in seinem Leben.
Während der kurzen Therapie lieh sich Herbert aus der Bibliothek im Wartezimmer des MVZ noch zwei Bücher zum Thema aus.
Zum einen *'Zweierlei Glück'* von **Gunthard Weber**, über die *Familien-Aufstellungen* von **Bert Hellinger**.

Und zum anderen *'Zirkuläres Fragen'* von **Christel Rech-Simon** und **Fritz Simon**, auch zum Thema *Familientherapie*.
Die Lektüre dieser Bücher führte dazu, dass er in der Therapie noch einige 'unerledigte Geschäfte' aus seiner Lebensgeschichte klären und auflösen konnte.

Vom Sinn des Unsinns

Vor allem Eines sollte jedoch aus diesem Fallbericht von **Herbert** und seinem *'schizophrenen Residuum'* erinnert werden:

Nämlich, dass es manchmal - nicht immer! - möglich ist, auch mit wahnhaft verwirrten Personen eine funktionale Arbeitsbeziehung in der Therapie aufzubauen, wenn die Therapeutin oder der Therapeut bereit ist, auf die präsentierten, scheinbar völlig unsinnigen Wahnideen wenigstens ein Stück weit einzugehen - 'Gut, dass Sie aufgepasst haben, wegen dem Feuer und der Überschwemmung!' - weil dadurch die halluzinierte Ideenflucht unterbrochen wird, was zunächst persönlichen Kontakt und danach einen Austausch über reale Themen möglich machen kann. Denn:

fort
Narrenwort
Traumgespinst und Kindermund
Sind schnell fort
Tun aber oft die Wahrheit kund.

Die üblichen Verdächtigen:
Fast Food, Tabak, Alkohol and Co.

Ein anderes Thema, mit dem manche PatientInnen im Alter zu tun haben, sind die langjährigen Auswirkungen einseitiger Ernährung, mit zu viel Fleisch, Fett, Zucker und Fast Food, aber auch von Alkohol-, Tabak-, TV- und Internetkonsum.

Doch das *Metabolische Syndrom* im Alter mit Übergewicht, Diabetes, Hypertonie und erhöhten Blutfetten ist dann kaum noch zu behandeln, weil Organe wie Leber und Nieren, das Gefäßsystem und das Gehirn schon zu sehr geschädigt sind.

Rechtzeitige Vorsorge
Daher gilt es, hier schon bei den **jüngeren PatientInnen** mit der **Vorsorge** anzusetzen.

Denn wenn es gelingt, bei jüngeren Menschen einen Impuls zu setzen - sei es in einer Therapie oder im Gespräch unter Freunden - der letztlich dazu führt, dass ein missbräuchlicher Konsum reduziert oder beendet wird, dann legt dies ein Fundament für ein gesünderes, fitteres und geistig präsenteres Alter.

Nichtraucher-Training
Daher sollten wir zum Beispiel die junge Raucherin darauf ansprechen und sie über Nikotin-Pflaster, *Nichtraucher-DIGAS*, also *Digitale Gesundheits Anwendungen* und Nichtraucher-Selbsthilfegruppen informieren.

Das Trinken kontrollieren
Das Gleiche gilt für die Unterstützung eines jüngeren Mannes, der sein exzessives Trinkverhalten in den Griff bekommen möchte, denn auch hierfür gibt es nützliche Medikamente, *DIGAs* und Selbsthilfegruppen.

Außerdem braucht es Strategien, was mit der Energie und Zeit getan werden kann, die freiwerden, wenn etwa Rauchen und Trinken weniger werden oder auch ganz wegfallen.
Zum Beispiel Sport, kreative Arbeit oder Ausflüge in die Natur.

Sucht als kompensierendes Verhalten
Dabei ist es gut zu erinnern, dass *praktisch alle Süchte, Zwänge oder Klammer-Tendenzen ein Kompensations-Verhalten* sind, das *mangelnde innere und äußere Nähe -* zum großen und zum kleinen Du - *ersetzen und damit ausgleichen soll.*
Erfreulicherweise lösen sich diese Abhängigkeitskrankheiten dementsprechend oft auf, wenn Freundschaft und Nähe wieder gewagt werden.

Die Intervention zur Wandlung einer Abhängigkeit
Einen solchen Impuls zur Transformation eines selbstschädigenden Verhaltens zu setzen, ist eine der einfachsten Maßnahmen in der Therapie, die jedoch gleichzeitig enorme positive Auswirkungen im Leben der betroffenen Person bewirken kann.
Auch wenn wir vielleicht nie davon erfahren.

Eine Patientin im hohen Alter
Zum Schluss dieses Textes wenden wir uns noch einer **über achtzigjährigen Patientin** zu, die wegen Angstattacken, Alpträumen und Verfolgungsideen in **Cordulas** Praxis kam.

Die vermögende **Patientin** aus adeliger Familie hatte ihren Mann schon vor vielen Jahren verloren.

Eine späte Liebe
Doch trotz einiger somatischer Erkrankungen und ihres hohen Alters hatte sie sich - 'Anfang achtzig,' wie sie lächelnd mitteilte - noch einmal verliebt.

Cordula: 'Wie schön für Sie! Aber woher kommen dann Ihre Ängste und Verfolgungsphantasien?
Vielleicht können Sie mir das erklären?'

Worauf **Henriette**, die Patientin, antwortete:
'Sicher kann ich das - es sind meine drei Kinder und zwei meiner Enkel. Und alles nur wegen **Walter** und weil wir es uns ein bisschen gut gehen lassen!'

Cordula: 'Aha. Und was passiert da?'

Henriette: 'Na gut, wir sind mal nach Bad Gastein und nach Ischia gefahren, in ein schönes Hotel - aber davon merken die Kinder ja gar nichts, was das Erbe angeht.'

Cordula: 'Ist das so?'

Henriette: 'Aber ja. Das sind doch Peanuts. Der Konzern, dessen Grundlagen mein Mann als Eigentümer aufgebaut hat, ist weiter sehr profitabel und hat mit den Jahren ein ansehnliches Vermögen erwirtschaftet, da ist wirklich genug für alle da.

Selbst wenn Walter und ich im Wochentakt nach Mauritius fahren würden! Was natürlich nicht unsere Absicht ist,' fügte sie heiter hinzu.

Nachkommen auf Abwegen
Aber dann verdüsterte sich ihr Gesicht: 'Und jetzt haben die Kinder mir so einen Wisch vorgelegt, den ich unterschreiben sollte, der besagte, dass ich ihnen die Führung meiner sämtlichen Geschäfte übertrage.

Und wenn ich es nicht tue, haben sie gedroht, mich entmündigen zu lassen!', wobei die sonst so distinguierte Patientin einige Tränen vergoss.

Cordula war betroffen und reichte ihr die Box mit den Taschentüchern:
'Was für Kinder!,' sagte sie unwillkürlich. Dann fragte sie: 'Und - haben Sie das unterschrieben?'

Henriette schnob durch die Nase:
'Natürlich nicht - Stattdessen habe ich sie gebeten zu gehen, weil ich sonst gleich den Sicherheitsdienst rufen müsste. Das hat gewirkt.
Aber es sind doch meine Kinder!', wobei sie wieder zu weinen begann.

Cordula: 'Schon. Das Wichtigste ist aber, dass Sie nicht unterschrieben haben.
Für alles andere, auch für etwas verrannte Kinder, gibt es geeignete Lösungen.

Aber eines verstehe ich noch nicht. Als Ihr Mann verstarb, müssten Ihre Kinder doch auch einen Anteil am Erbe erhalten haben, oder? Reicht Ihnen das nicht?'

Ein Leben für die Firma
Henriette: 'Wie es aussieht wohl nicht. Und das hat vor allem zwei Gründe. Zum einen, dass mein Mann schon früh von uns gegangen ist. Damals waren die Kinder alle noch unter zehn, und die Firma war noch ein kleines Unternehmen.

Deshalb hat er die Firma mir vermacht, weil er mich vorher schon in die Leitung des Unternehmens eingearbeitet hatte.

Zusammen mit einem Kreis von fachlichen Beratern.

Und die Kinder wurden mit Abschlagzahlungen nach damaligem Wert der Firma bedacht, die sie ab der Volljährigkeit nutzen konnten.

Aber das ist so lange her, ich war damals Mitte dreißig, da war noch nicht so viel zu verteilen.

Das ist der eine Grund warum sie hinter mir her sind.

Denn der Konzern hat sich inzwischen gut entwickelt - aber das war auch enorm viel Arbeit, wodurch ich über Jahrzehnte praktisch mit der Firma verheiratet war!

Zeitweise habe ich sogar neben dem Büro übernachtet.

Und jetzt der andere Grund, weshalb die Kinder mich nerven: Von dem, was sie bekommen haben, ist kaum noch etwas übrig, weil sie flott gelebt und unklug investiert haben.

Und jetzt sind sie in Panik, dass ich den Konzern ruinieren könnte - so ein Unsinn!

Den habe ich doch über Jahrzehnte aufgebaut, damit er weiter floriert - letztlich auch zum Wohl der Kinder und ihrer Nachkommen.

Denn die Kinder selbst haben damals kein Interesse gezeigt, mich bei der Führung der Firma zu unterstützen - aber jetzt liegt sie ihnen auf einmal am Herzen!'

Cordula: 'So weit so gut. Aber Ihre Kinder und Enkel wollen anscheinend etwas von Ihnen persönlich - was auch immer das genau sein mag.

Gleichzeitig verstehe ich die beiden Gründe, die Sie für das verirrte 'finanzielle Interesse' Ihrer Nachkommen genannt haben.

Arbeiten Ihre Kinder und Enkel denn?'

Ein familiäres Zerwürfnis
Henriette: 'Aber ja - die Älteste hat nur noch zehn Jahre oder so bis zur Pensionierung.

Aber seit Walter und ich zusammen sind, haben sie alle diesen Raptus, dass sie womöglich übervorteilt werden. Und das ärgert mich, weil ich das nie tun würde!'

Cordula: 'Verständlich, zumal es ja Ihre Entscheidung ist, wie Sie mit Ihrem Vermögen umgehen.

Aber ist es denn so, dass es außer den gemeinsamen Reisen sonst noch finanzielle Unterstützung von Ihnen an Walter gibt?'

Henriette: 'Natürlich nicht, er ist da sehr genau. Er hat früher einen großen Forstbetrieb geleitet und einiges zur Seite legen können. Er besteht sogar darauf, immer einen Anteil an den Reisekosten zu übernehmen, auch wenn ich ihn gerne ganz einladen würde.'

Cordula: 'Das freut mich für Sie - und es spricht für Ihren Partner.
Sagen Sie, haben Ihre Kinder und Walter sich denn schon kennengelernt?'

Ein Heiratsschwindler?
Henriette: 'Ha! Genau daran arbeite ich seit drei Jahren, also seit Walter und ich zusammen sind! Aber mein paranoider Nachwuchs will nichts davon wissen.
Sie fürchten, dass wir heiraten könnten, was ebenfalls Unsinn ist!'

Cordula: 'Sind Sie sich da sicher?'

Henriette: 'Ganz sicher. Stellen Sie sich vor, ich hab' ihn während eines sehr schönen Urlaubs sogar einmal gefragt, ob eine Heirat für ihn in Frage käme.

Und was hat er gesagt?
Selbst wenn wir das von Herzen wollten, sei es doch besser, es zu lassen.
Denn nur so, sagte er, würden wir irgendeine Chance bewahren, um einen Kontakt zwischen ihm und meinen Kindern zu ermöglichen.'

Blockierte Informationen

Cordula: 'Hm! Aber das ist doch eine klare Ansage - wissen Ihre Kinder und Enkel denn davon? Und dass Ihr Freund auch sonst keine Finanzen von Ihnen annimmt?'

Henriette: 'Das wollte ich ihnen schon mehrfach sagen - aber dann hab' ich mich so über ihre Wertungen gegenüber Walter und zum Schluss über diesen völlig verfehlten Knebel-Vertrag nebst Entmündigungsdrohungen geärgert, dass ich für solcherlei Diplomatie keinen Sinn mehr hatte.'

Ein Hoch auf die Diplomatie

Cordula: 'Das ist nachvollziehbar - und doch ist es womöglich *solcherlei Diplomatie*, um mit Ihren Worten zu reden, die sich hier für die Beteiligten *als Lösungsweg* abzeichnet.'

Gleichzeitig empfahl Cordula der Patientin in den folgenden Sitzungen auch, sich einen guten Rechtsanwalt für Familien- und Erbrecht zu suchen, falls dies notwendig wäre. Das Hauptaugenmerk bei der Zusammenarbeit in der Kurztherapie war aber, eine Annäherung an die Kinder und Enkel der Patientin zu ermöglichen.

Ein Familienzwist, der die Nachkommen enterbt

Cordula: 'Wissen Sie, ich hab' in der Supervision einmal von einem Patienten gehört, der auch große Differenzen mit seinen Kindern hatte.

Die Konflikte waren derart, dass es diesem Mann wichtig wurde, sein beträchtliches Erbe möglichst nicht an seine Kinder zu vererben.

In diesem Fall wurden dann mit Hilfe von Anwälten und Notaren rechtliche Konstruktionen geschaffen, die dem Wunsch dieses Mannes entsprachen, was den Kindern nur ein minimales Erbe ermöglichte.
Etwas Vergleichbares könnten Sie vermutlich auch tun, falls Ihre Kinder komplett aus der Rolle fallen würden.
Aber das wollen Sie ja gar nicht, wie ich Sie verstehe.'

Henriette: 'Nein, das will ich nicht, sie sollen normal erben, trotz allem.
Aber falls sie mich noch einmal so nerven, werde ich ihnen die Geschichte von diesem Patienten erzählen, die ich gerade von Ihnen gehört habe.
Das wird die Gemüter vielleicht etwas beruhigen.'

Systemische Familientherapie nach Milton H. Erickson
In den Sitzungen, die meist im Abstand von drei bis fünf Wochen stattfanden, war **Cordula** manchmal verblüfft über den vielseitig interessierten Pioniergeist der 'alten Dame', wie sie die Patientin ab und zu innerlich nannte.

Wegen den Problemen mit ihren Kindern fand **Henriette** speziell die *hypno-systemischen Interventionen von* **Milton H. Erickson** interessant: 'So einen Therapeuten wie diesen Milton Erickson bräuchten meine Kinder, der würde es ihnen schon richten!'

Cordula: 'Meinen Sie?
Und was ist, wenn Ihre Kinder sich im Grunde nur etwas mehr Zeit und Nähe mit Ihnen wünschen?

Und hinsichtlich **Milton H. Erickson**, da erinnere ich gerade eine Geschichte, in der zwei Kinder von Erickson ihren Vater baten, ihnen zu helfen.

Genauer gesagt, sie brauchten seine ärztlich-therapeutische Hilfe für zwei ihrer Klassenkameraden, die sich mit der Englischen Rechtschreibung sehr schwer taten und noch dazu einen strengen Lehrer hatten.
Also holte Erickson seine Buben und ihre zwei Mitschüler eines Tages mit dem Auto von der Schule ab.

Bevor er sie zuhause absetzte, parkte er den Wagen und ließ sich von den 'Problem-Schülern' ihre Schulhefte für Englisch geben.
Er schaute sie eine Weile durch und gab sie dann mit dem merkwürdigen Kommentar:
'Very good!' an die Schüler zurück.

Als diese später in ihre Hefte schauten, stellten sie fest, dass sie korrigiert worden waren, allerdings ganz anders als sonst.
Jedes Wort, das sie richtig geschrieben hatten, war von ihm unterstrichen und manchmal auch mit einem lobenden Kommentar versehen worden. Wie Ericksons Söhne berichteten, ging es danach für die beiden Mitschüler langsam bergauf in der Schule.'

Henriette lächelte. Dann sagte sie: 'Sie meinen also . . .?'

Vorgespräche unter vier Augen zum Wohl der Familie
Cordula: 'Vor allem möchte ich Sie ermutigen, Ihren Kindern - und vielleicht auch den Enkeln - *Vorgespräche unter vier Augen* vorzuschlagen, damit die familiäre Eiszeit beginnen kann etwas aufzutauen.

Und zwar nicht zuletzt deshalb, weil es die Konflikt-Eskalation zwischen Ihnen immer im Familien-Gruppen-Setting gab.
Das legt den Umstieg auf Gespräche zu zweit nahe.

Eine therapeutisch moderierte
Neu-Begegnung der Familie
Und wenn sich dabei eine Annäherung abzeichnet, kann ich Ihnen noch einen Kontakt zu einem erfahrenen Familientherapeuten herstellen, der diesen gemeinsamen Prozess moderieren und therapeutisch begleiten könnte, falls Sie das wollten.'

Erotik und Intimität, auch im Alter
Parallel dazu gab es Stunden, in denen **Henriette** über Themen diskutieren wollte, die sie in Büchern über *liebevolle Intimität und Tantra* gefunden hatte.

'Trotz unseres Alters lernen Walter und ich auch in dem Bereich immer noch dazu,' meinte sie mit einem Augenzwinkern, das sie auf einmal zwanzig bis dreißig Jahre jünger erscheinen ließ.

Aber es gab auch ganz andere Sitzungen.
Sitzungen, in denen Cordula das hohe Alter der Patientin deutlich wahrnahm.

Im Angesicht der Endlichkeit
Henriette: 'Bei all dem bin ich mir natürlich klar darüber, dass ich mitten *auf der Schwelle zum Jenseits* stehe.
Die endgültige Weitergabe der Gesamt-Verantwortung für die Firma ist so gut wie vollzogen.
Und da sind diese letzten Gefechte in der Familie.
Doch auch das Wunder einer späten großen Liebe, wofür ich sehr dankbar bin - auch wenn ich mir *für die Familie mehr Frieden* wünschen würde.

Aber da ist dieses Satz-Fragment, das ich im *Tagebuch* von **Thomas Mann** gefunden habe, und das mir immer im Kopf herumgeht.
Es lautet, von Thomas Mann ebenfalls im höheren Alter und nach dem zweiten Weltkrieg geschrieben:

Seltsam festliches Abschnarren des Lebensrestes.

Und das macht etwas mit mir, weil ich es zum Teil auch so erlebe,' ergänzte sie mit einigen Tränen.

Cordula reichte ihr die Box mit den Tüchern. Nach einer Weile fragte sie: 'Auch wenn es uns letztlich allen so geht mit unserer verkörperten Existenz - aber wodurch, glauben Sie, könnte dieses 'Abschnarren' vielleicht etwas langsamer werden?'

Die Entdeckung der Langsamkeit
Motiviert durch diese Frage, begann **Henriette** mit der Lektüre einer neuen Sorte von Büchern.

So las sie etwa:
'Fünf Geheimnisse, die Sie kennen sollten, bevor Sie sterben' von **John Izzo** ebenso wie *'Interviews mit Sterbenden'* von **Elisabeth Kübler-Ross**.
Aber auch *'Dem Leben neu vertrauen'* von **Elisabeth Kübler-Ross** und **David Kessler**.

Nach Hause finden
Außerdem waren die Wege der *Achtsamkeit* und der *meditativen Praxis*, die die Patientin in den Werken von **Phyllis Krystal** und von **Thich Nhat Hanh** entdeckt hatte, Themen in den letzten Sitzungen.

Die Therapie endete, als eine Begegnung der gesamten Familie bei dem von Cordula empfohlenen Familientherapeuten in Planung war.

Die Zukunft von Medizin und Therapie

Der Auftrag von Medizin und Psychotherapie ist es, somatische und mentale Krankheiten zu heilen, das Leiden der Menschen zu lindern sowie Leben zu retten und zu erhalten.

Im Bereich der sogenannten Psychotherapie, die gleichzeitig immer einen tragfähigen Bezug zum Körper braucht, kann dieser Auftrag, zu lindern und zu heilen, inzwischen in vielen Fällen erfolgreich umgesetzt werden, wie wir es in den Falldarstellungen dieses Essays skizziert haben.

Integrative Möglichkeiten

Durch die Bündelung analytisch-tiefenpsychologischer Ansätze mit verhaltensbezogenen und hypno-systemischen Herangehensweisen ist dies in den meisten Fällen im Rahmen einer effektiv strukturierten, lösungs-orientierten Kurzzeittherapie mit 12 bis 24 Sitzungen möglich.

Dies sind, wie in den Geschichten der fiktiven Patientinnen und Patienten sichtbar wurde, oft bereits gute Ergebnisse.

Allerdings wird im Bereich der Psychotherapeutischen Medizin in der nahen Zukunft noch ein echter Quantensprung der Ergebnisse sichtbar werden.

Und zwar, sobald die kontrollierte medizinische Anwendung *Psycho-Aktiver Substanzen* oder *PAS* wieder in die Medizin und Therapie integriert wurde.

WENN denn der globale Frieden noch wieder hergestellt werden kann.

Und das ist ein ziemlich großes 'WENN', angesichts des frühkindlich traumatisierten und daher egoman kompensierenden globalen Tobens des wahnhaft autokratischen *Machiavelli-Prinzips* alternder Herrscher, die nur aus Angst vor - schlimm, schlimm! - Machtverlust, sowie - noch viel schlimmer! - vor der eigenen körperlichen Endlichkeit leider 'zu allem fähig sind', wie es die Kriege und das neue Wettrüsten unserer Tage so überdeutlich erkennen lassen.

Cui bono? Wem nützt die Spaltung der Menschheit?
Dabei sollten wir uns fragen: Wem nützt diese Spaltung der Menschheit durch Gewalt, Krieg und sogar Nukleare Drohungen? Den Menschen schadet sie, das ist klar.

Aber wer würde vom *Doomsday* der Erde profitieren?
Vielleicht die durch uns bedrohten Haifischpopulationen oder der terrestrische Baumbestand?
Oder etwa andere, fernere Nachbarn - was meinen Sie?

Bei entsprechendem politischen Willen - wieviel nach zwölf Uhr muss es wohl sein, bis sich hier etwas bewegt? - könnte eine **e**videnz-**b**asierte **P**sycho-**T**herapeutische **M**edizin, kurz **ebPTM**, die geeignete und heilsame *PAS* kontrolliert einsetzt und die alle nützlichen Therapiemethoden integrativ angewendet, hier durchaus einen Unterschied machen.

Zur Erinnerung und als Teil der 'Take Home Message'
Wegen dieser Bedeutung für eine gesündere Zukunft der Menschen und der Menschheit *wiederholen wir hier die Seiten 109 und 110 von vorhin:*

Dass einige dieser **PAS** auch *als Aphrodisiaka leidenden Paaren gezielt helfen* könnten, wird bisher in Therapie und Medizin kaum wahrgenommen.

Psycho-Aktive Substanzen in der Paartherapie
So erweist sich das häufig leider auch von medizinischer Seite unwissenschaftlich 'beschimpfte' *Cannabis* als ein echtes Heilmittel - nicht nur, aber eben gerade auch für emotional entfremdete Paare.
Die frei erhältliche, anti-depressiv wirkende PAS *Ibogain* kann hier in *Mikrodosen* am Abend ebenfalls helfen.

Noch heilsamer in der 'Wiederbelebung erkalteter Paar-Beziehungen' ist die Substanz **MDMA**, die bereits in den 1970-80er Jahren unter dem Namen **Empathy**, also *Mitgefühl*, in der Therapie verwendet wurde, sowohl für Gruppen- und Einzelsitzungen, aber auch für Paare.

MDMA wurde *2023 in Australien* als *erstem Land* für eine *kontrollierte medizinische Anwendung* zugelassen.
Für den *11. 8. 2024* wird die *Zulassung durch die FDA in den USA* erwartet, was vor allem dem unermüdlichen Einsatz von **Rick Doblin, Ph.D.** und dem von ihm ins Leben gerufenen gemeinnützigen Verein **MAPS** zu verdanken ist.

**Buch zum Thema: Psycho-Aktive Substanzen
in der Einzel-, Paar- und Gruppentherapie**
Näheres zum Thema *PAS in der Psychotherapie* finden
Sie in unserem Buch: *'Alice - durch Feuer und Wasser'*
sowie in den Artikeln: *'Frieden ist lernbar!'* und:
'Quo vadis, humanitas?, siehe *Literaturverzeichnis*.
Hierzu noch ein PS:

In der Dauer liegt die Power.
'Fast alle Aufgaben,
die in kurzer Zeit erledigt werden können,
lassen sich auch
in sehr viel längerer Zeit erfüllen.'

Das Heilungspotential der PAS
Dieser Weg der *kontrollierten medizinischen Anwendung
geeigneter PAS* in der Therapie könnte bei sehr vielen
PatientInnen, Paaren und Familien grundlegend helfen -
sobald der politische Wille dafür da ist.

Das Friedenspotential der PAS
Und bei entsprechender Anwendung weltweit würden
diese PAS dazu beitragen, dass schwer traumatisierte,
pathologisch egomane Autokraten es künftig deutlich
schwerer hätten, an die Macht zu gelangen.

Weil die durch Erfahrung klug gewordenen Wähler kaum
noch Leute in Führungspositionen wählen würden, die
bisher keine PAS-Erfahrungen gemacht haben.

Das mag idealistisch oder utopisch klingen. Dennoch gilt: Personen, die solche Erfahrungen im sinnvollen Setting gemacht haben, legen meist keine Brände mehr.
Stattdessen helfen sie beim Löschen.

Cave! Vorsicht! *Sowohl die übermäßige Nutzung, wie auch die übermäßige Kommerzialisierung von PAS jeder Art birgt erhebliche Risiken, die zu vermeiden sind!*
Alle relevanten PAS sind ***Generika****, also freie Substanzen.*

PAS auch in der Sterbebegleitung
Hierzu ein ***Zitat aus unserem Buch: 'Alice'****, S.312-314:*

Liebe LeserInnen,
da wir nun zügig den 'Machen Sie's gut!'-Bereich dieses Buchs erreichen, hier noch einige ergänzende Informationen für den weiteren Weg.

Gibt es zusätzliche Indikationen?
Beim Lesen dieses Buchs haben Sie schon erfahren, dass MDMA - und andere **PAS** = **P**sycho-**A**ktive **S**ubstanzen - in Medizin und Psychotherapie hilfreiche Werkzeuge sein können, um schwierige Fälle von **PTBS**, also **P**ost-**T**raumatischer **B**elastungs-**St**örung, zu behandeln - und um die gestörte oder erstarrte Intimität von Paaren zu bessern und zu heilen.

So beeindruckend die Ergebnisse in diesen schwierigen Situationen auch sein mögen - es gibt noch weitere Möglichkeiten! Und weshalb ist das so?

Weil wir oft nicht nur 'Fear of Flying', also 'Angst vorm Fliegen' haben - was bedeutet, dass wir uns vor naher und liebevoller Intimität fürchten - sondern außerdem auch noch von 'Fear of Dying', also der 'Angst vor dem Sterben' betroffen sind.

Und diesen letzteren Fall finden wir am Lebensende vieler Menschen, wie etwa in der Palliativ-Medizin, in der Schmerztherapie, in der Geriatrischen Medizin, in der Onkologie und in der Hospiz Medizin.

Vielleicht wissen Sie schon, dass viele heilsame **VEP-Delika**, also **V**isionäre und **E**mpathogene **P**syche-**Delika** - wie LSD, Psilocybin, Meskalin, DMT und MDMA - in solchen Fällen bereits in mehreren neueren Studien erfolgreich gegeben wurden - zum Beispiel in der *LSD-Studie* von Peter Gasser in der Schweiz.

Dort erhielten einige terminal kranke, also bald sterbende Krebspatienten für eine längere Therapie-Sitzung entweder eine therapeutische LSD-Dosis - oder eine sehr niedrige Placebo-LSD-Dosis.

*Vergleichbare Studien wurden in den letzten Jahren auch mit *Psilocybin* durchgeführt; s. dazu etwa: **Michael Pollan: 'Verändere Dein Bewusstsein'.**

Das Ergebnis: Die meisten dieser schwer kranken und sterbenden Patienten, die eine therapeutische LSD-Dosis bekamen, verloren während dieser Behandlung nicht nur ihre 'Angst vor dem Sterben'.

Sondern sie waren häufig sogar noch in der Lage, alte Konflikte mit Familienangehörigen oder Freunden zu klären und aufzulösen - was es erheblich leichter für sie machte, sich dem herannahenden 'Ablegen ihrer sterblichen Hülle' mit Gelassenheit zu stellen.

Wenn es Sie interessiert, können Sie auch den Bericht über einen ähnlichen Fall lesen, in dem jedoch **MDMA** genutzt wurde, um einer weit über neunzig Jahre alten, teilweise dementen Frau zu helfen, die ihren Familienangehörigen gegenüber starke Ängste und Aggressionen entwickelt hatte.

Eine friedvolle Sterbe-Erfahrung mit MDMA
Als diese Situation untragbar wurde, gab der Sohn dieser Frau ihr eines Abends eine MDMA-Tablette in einem privaten Setting.

Die Effekte der MDMA-Erfahrung, kombiniert mit der fürsorglichen, singenden und musizierenden Familie der Patientin, bewirkten eine vollständige Umkehr in der zuvor äußerst feindseligen älteren Dame, die nun plötzlich wieder mit ihren Kindern und Enkelkindern reden konnte - und sogar mit ihnen mitsang!

Das beste Ergebnis war allerdings, dass diese Frau nach ihrer 'Empathy'- und Empathie-Erfahrung auch für die noch verbleibenden sieben Monaten ihres Lebens offen und freundlich blieb - Monate, die für diese betagte und leidende Patientin durch ihre katalytische MDMA-Behandlung - und durch ihre achtsame und zugewandte Familie - um so viel wertvoller geworden waren.

Wenn Sie die ganze Geschichte zu diesem Fall lesen wollen, dann können Sie auch die Website von **Ralph Metzner's** *'Green Earth Foundation'* besuchen, wo diese 'Friedvolle Sterbe-Erfahrung mit MDMA', also: **'A Peaceful Dying Experience with MDMA'** im Newsletter vom 2. Mai 2013 - May 2nd, 2013 - veröffentlicht wurde. ***Zitatende Buch: 'Alice'**, S.312-314*

In diesem Sinne.
Nur noch eine Frage. Wann sind wir glücklich?
Beim Laufen, beim Radfahren oder beim Atmen?
Alle, die die richtige Antwort finden - es kann nur Einen geben! - gewinnen eine Reise ins Jetzt!

Silvester

Es knallt die Uhr,
es schweigt das All:

Wer Zeit hat,
geht auf einen Ball.

Danksagung

Hiermit möchten wir uns bei allen Menschen bedanken, die im Lauf der Jahre dazu beigetragen haben, dass dieser Essay zum Thema Psychotherapie möglich wurde.

Als erstes gilt unser Dank den vielen Patientinnen und Klienten, die mit uns in Gruppen sowie in Familien-, Paar- und Einzelsitzungen ihre Geschichte und ihre Gefühle geteilt und Lösungen gefunden haben.

Nur durch diesen Austausch konnten wir die therapeutischen Ansätze und Werkzeuge entwickeln, die in diesem Text dargestellt sind.

Außerdem danken wir unseren geliebten Eltern und den Familien, wo wir 'Trainingscamps' und 'Sparring-Partner' vorfanden, die uns trotz gelegentlicher Härten und Probleme letztendlich doch in idealer Weise 'auf das Leben an sich' vorbereitet haben.

In ähnlicher Form sind wir auch unseren Lehrern, Mentoren und Vorbildern in Schule, Studium und Beruf zu großem Dank verpflichtet.

Diejenigen, die durch ihren persönlichen Einfluss oder durch ihr Lebenswerk für diesen *Art-Therapie Blog* von Bedeutung sind, haben wir bereits im Text erwähnt oder können im Literaturverzeichnis gefunden werden.

Ein US-amerikanischer Psychiater, der unsere Arbeit stark beeinflusst hat, obwohl wir ihm nie persönlich begegnet sind, ist **Milton H. Erickson**, der Pionier der systemischen Hypnotherapie, der gleichzeitig oft an die erzählerische Präsenz eines *Mark Twain* erinnerte.

Erickson erreichte uns durch seine *'Collected Papers'*, durch die Filme, die ihn bei der Arbeit zeigen, vor allem aber durch seine direkten Schüler, von denen wir einige persönlich erleben durften.
Etwa *Sidney Rosen, David Cheek* und *Jeff Zeig*.

Neben Erickson selbst und seinen amerikanischen Schülern - inklusive **Jay Haley** und seinem unvergleichlichen **'Uncommon Therapy'** - danken wir auch zwei deutschen Kollegen, die ebenfalls direkt von Erickson gelernt haben.

Dies sind unsere geschätzten Freunde und Mentoren, *Hans-Ulrich Schachtner,* der, S. 114, 'Kollege hinter dem Vorhang', sowie *Gunther Schmidt,* der, S. 18, den Begriff der 'Inneren Familie' auf den Punkt brachte.

Über die mehrjährigen Weiterbildungen in *hypno-syste-mischer Familientherapie* bei diesen prägenden Vorbildern sind wir ebenso dankbar wie für die *Methoden der humanistischen Psychologie und Psychotherapie,* die wir im Lauf der Zeit in unsere Arbeit integrieren duften.

Schließlich geht unser Dank an **Bert Hellinger,** für die Güte und Weisheit in seinen Familien-Aufstellungen, an **Dirk Revenstorf,** für seine empathische Hypnotherapie und an **Arthur Janov,** für die Wieder-Entdeckung der Welt der Gefühle.

Vor und nach allem jedoch: Danke für die Dankbarkeit.

Gegend

Das Gegen von Klotz ist Keil,

und das Gegen von teil ist heil.

Das Gegen von Licht ist Nicht

und das Gegen von leicht hat Gewicht.

Das Gegen von Fenster ist Tür,

und das Gegen von gegen ist für.

Das Gegen von Blättern sind Triebe,

und das Gegen von Liebe - ist Liebe.

Die Autoren

Gabriele Breucha ist Dipl. oec. troph. = Diplom Oeco-trophologin, also Ernährungswissenschaftlerin; niedergelassene Heilpraktikerin: Homöopathie/Phytotherapie - sowie Psychotherapeutin mit eigener Praxis in München.

Anselm Keussen ist Dr. med. und Praktischer Arzt, mit der Zusatzbezeichnung: Tiefenpsychologisch fundierte Psychotherapie; er arbeitet in seiner Praxis in München, wo er als ärztlicher Psychotherapeut tätig ist.

Weitere Bücher und Artikel der Autoren

Das Meta-Modell der Psychoanalyse - 242 S., 1984

Und was macht die Liebe? - 848 S., 2015

Alice - durch Feuer und Wasser - 360 S., 2019

Die Pegasus-Genesis - 360 S., 2020

Sathya Sai Baba - 220 S., 2022

Frieden ist lernbar! - 14 S., 2022

Quo vadis, humanitas? - 36 S., 2023

Literatur und Medien - eine Auswahl
Bücher zum Bereich Psychotherapie

Bair, D.: Jung: Eine Biographie

Bandler, R. & Grinder. J.: Neue Wege der Kurzzeittherapie; The Structure of Magic I und II

Berne, E.: Spiele der Erwachsenen;
Was sagen Sie, nachdem Sie hallo gesagt haben?
De Shazer, S.: Der Dreh; Das Spiel mit Unterschieden

Erickson, M. H.: Gesammelte Schriften von Milton H. Erickson (Hrsg.: *Rossi, E. L.),* 5 Bände - Milton Erickson über Hypno-Therapie; s. auch: *Haley, J.* u. *Rosen, S.*

Frankl, V.: Trotzdem ja zum Leben sagen - Wie Frankl als junger jüdischer österreichischer Psychiater im KZ den Holocaust überlebte; Der Mensch vor der Frage nach dem Sinn; Psychotherapie und Existentialismus

Freud, S.: Totem und Tabu; Der Mann Moses und die monotheistische Religion; Der Witz und seine Beziehung zum Unbewussten; Die Zukunft einer Illusion; Das Unbehangen an der Kultur; Die Traumdeutung; Studien über Hysterie (gemeinsam mit Joseph Breuer);
Über Coca; Die infantile Cerebrallähmung; Klinische Studie über die halbseitige Cerebrallähmung der Kinder; Zur Auffassung der Aphasien: Eine kritische Studie;

Drei Abhandlungen zur Sexualtheorie; Formulierungen über die zwei Prinzipien des Psychischen Geschehens; Vorlesungen zur Einführung in die Psychoanalyse; Die endliche und die unendliche Analyse; Aus den Anfängen der Psychoanalyse: Briefe an Wilhelm Fließ

Fromm, E.: Haben oder Sein?; Die Kunst des Liebens
Goulding, M. & R.:
Neuentscheidung/ Re-Decision-Therapy

Gruen, A.: Dem Leben entfremdet
Haley, J.: Die Psychotherapie Milton H. Erickson's/
Englisch: Uncommon Therapy

Hellinger, A. S. und Hövel, T. G.: Anerkennen, was ist;
Ein langer Weg
Hellinger, A. S.: Ordnungen der Liebe; Finden, was wirkt;
Natürliche Mystik; Dankbar und gelassen/ s. *Weber, G.*

Janov, A.: Der Urschrei - Eine neue Therapieform

Jung, C. G.: Erinnerungen, Träume, Reflexionen; Die
Freud-Jung Briefe; s. auch: *Bair, D.:* Jung

Jones, E.: Leben und Werk von Sigmund Freud; 3 Bände

Kopp, S.: Triffst Du Buddha unterwegs;
Kopfunter sehe ich alles anders

Kurtz, R.: Hakomi-Therapie

Kübler-Ross, E.: Interviews mit Sterbenden
Kübler-Ross, E. und Kessler, D.:
Dem Leben neu vertrauen

Lowen, A.: Bioenergetik

Maslow, A. H.: Toward a Psychology of Being

Orr, L.: Rebirthing

Painter, J.: Körperarbeit und Persönlichkeitsentwicklung
Rolf, I.: Rolfing

Rosen, S.: Meine Stimme begleitet Sie überall hin;
Die Lehrgeschichten Milton H. Erickson's

Satir, V.: Familienbehandlung

Schnarch, D.: Die Psychologie sexueller Leidenschaft/
Englisch: Passionate Marriage

Strachey, J. (Hrsg): The Standard Edition of the Complete
Psychological Works of Sigmund Freud, Vol. 1-24

Smothermon, R.: Drehbuch für Meisterschaft im Leben;
Das Mann-Frau-Buch: Die Transformation der Liebe

Watts, A. W.: 'Dies ist es' und andere Essays über Zen
und spirituelle Erfahrung; Psychotherapie und östliche
Befreiungswege

Watzlawick, P.: Anleitung zum Unglücklichsein;
Die Möglichkeit des Andersseins; Lösungen

Weber, G.: Zweierlei Glück/ s. *Hellinger, A. S.*

Yalom, I.: Und Nietzsche weinte

Bücher und Medien
über Psycho-Aktive Substanzen = PAS
und deren Nutzung in der evidenz-basierten
Psycho-Therapeutischen Medizin = ebPTM

Breaking Convention (2011): Essays on Psychedelic
Consciousness   www.breakingconvention.org

Diesch M. K.: LSD: Rückkehr in die klinische Forschung

Doblin, R.: MAPS = Multidisciplinary Association for
Psychedelic Studies   www.maps.org

Doblin. R.: A clinical plan for MDMA (Ecstasy) in the
treatment of posttraumatic stress disorder (PTSD):
partnering with FDA; *Journal of Psychoactive Drugs 34*:
185-194

Fadiman, J.: The Psychedelic Explorer's Guide

Fremont-Smith, F.; Sandison, R.: The Use of LSD in
Psychotherapy

Gasser, P.; Kirchner, K.; Passie, T.: LSD-assisted psychotherapy for anxiety, associated with a life-threatening disease: A qualitative study of acute and sustained subjective effects

Grob, C.: Treating Existential Distress with Psilocybin

Hofmann, A.: LSD - Mein Sorgenkind

Holland, J. (Hrsg.): Ecstasy: The Complete Guide

Huxley, A.: Eiland; Schöne neue Welt; Die Pforten der Wahrnehmung; Die ewige Philosophie

Kamlet, J.: Ibogaine - ICEERS N. Y. Conference 2010; DVD

Lilly, J.: Das Zentrum des Zyklons; Der dyadische Zyklon

Metzner, R.: Green Earth Foundation, wo 'Eine friedvolle Sterbe-Erfahrung mit MDMA' im Newsletter vom 2. 5. 2013 veröffentlicht wurde

Mithoefer, M.: MDMA-supported psychotherapy in severe cases of PTSD (= Post-Traumatic Stress Disorder) First RCT pilot-study; *Journ. of Psychoph. July 19, 2010*

Naranjo, C.: Die Reise zum Ich; Englisch: The Healing Journey; Das Ende des Patriarchats

Passie, T. et al.: Ekstatisches Erleben

Pollan, M.: Verändere Dein Bewusstsein
Englisch: How to Change Your Mind

Rätsch, C.: Enzyklopädie der Psycho-Aktiven Pflanzen

Wilson, R. A.: Schrödingers Katze, Teil 2: Der Zauberhut

Sessa, B.: To Fathom Hell or Soar Angelic;
The Psychedelic Renaissance

Shulgin, A. & A.: TIKAL = Tryptamines I Knew And Loved -
an encyclopedic book on psycho-active Tryptamines, like
LSD, DMT, Psilocybin, Ibogaine etc. - Englisch

Shulgin, A. & A.: PIKAL = Phenethylamines I Knew And
Loved - an equally huge tome on Phenethylamines, like
MDMA, MDA, MDEA, TMA-6, 2C-B, MBDB, Mescaline,
DOM etc. - Englisch

Stolaroff, M.: Thanatos to Eros;
The Secret Chief - The Psycho-Active Therapy of *Leo Zeff*

The Global Commission on Drug Policy = GCDP
www.globalcommissionondrugs.org

Trachsel, D.: Psychedelische Chemie
Trachsel, D.; Lehmann, D.; Enzensperger, Ch.:
Phenethylamine

Waldman, A.: Ein wirklich guter Tag/ A really Good Day

WEB-LINKS zu PAS und VEP-Delika

PAS = **P**sycho-**A**ktive **S**ubstanzen
VEP-Delika = **V**isionäre und **E**mpathogene **P**syche-**Delika**

www.maps.org

www.tdpf.org.uk

www.globalcommissionondrugs.org

www.erowid.org

www.breakingconvention.co.uk

www.bluelight.org

www.heffter.org

www.beckleyfoundation.org

www.thc.guide

www.horizonsnyc.org

www.gaiamedia.org

www.neurosoup.com

www.realitysandwich.com

www.land-der-traeume.de

www.entheovision.de

Filme/ DVDs über PAS = Psycho-Aktive Substanzen

Breaking the Taboo

Chocolat

Hope Springs - Wie beim Ersten Mal

Ibogain - ICEERS New York Conference 2010

LSD - The Substance

LSD - Droge oder Therapie?

Männer, die auf Ziegen starren

Upside Down

Bücher zum Thema Intimität

Dahlke, R.: Mythos Erotik

Deida, D.: Du bist Liebe; Der Weg des wahren Mannes

Friday, N.: Die sexuellen Phantasien der Frauen;
Die sexuellen Phantasien der Männer

Gillies, J.: Transzendenter Sex

Henning, A. M. und Bremer-Olszewski, T.: Make Love
Henning, A. M. und von Keiser, A.: Make more Love
Zwei gute deutsche Bücher
über Körper, Erotik und Sexualität

Paget, L.: Die perfekte Liebhaberin;
Der perfekte Liebhaber

Richardson, D.: Slow Sex

Schnarch, D.: Die Psychologie sexueller Leidenschaft
Englisch: Passionate Marriage

Bücher über spirituelles Leben

Anand, D.: Love Smile Now - Englisch
Ein MBA Professor über Sathya Sai Baba

Atteshlis, S.: siehe *Daskalos*

Barks, C. & Green, M.: The Illuminated Rumi - Englisch

Baskin, D.: Kostbare Erinnerungen

Castaneda, C.: Das Feuer von Innen; Die Kraft der Stille

Daskalos/ Atteshlis, Stylianos: Parabeln;
Esoterische Lehren

Dora, H.: Glorious Moments with God - Ein hoher indischer Polizeichef über Sathya Sai Baba - Englisch

Field, R.: Die Alchemie des Herzens

Galeone, P.: Pater Pio - mein Vater

Ganapati, R.: Baba: Sathya Sai - Band 1 & 2 - Englisch

Gordon, N.: Der Rabbi; Der Medicus

Griffiths, B.: Die Hochzeit von Ost und West

Gokak, V.: Sai Baba: The Man and the Avatar - Englisch
Prof. Gokak über seine Zeit mit Sai Baba

House, A.: Francis of Assisi - Englisch

Kasturi, N.: Sathyam Sivam Sundaram - Band 1-5 - Eine Biographie von Sathya Sai Baba bis in die 1980er Jahre; sowie: Loving God - In Gottes Liebe - Eine Autobiographie von Prof. N. Kasturi, die hauptsächlich sein Leben bei Sathya Sai Baba beschreibt

Khoury, A. T.: Der Koran

Konfuzius: Gespräche des Meisters Kung; Engl.: Analects

Krystal, P.: Die inneren Fesseln sprengen;
Ziel aller Reisen; Monkey Mind

Krishnamurthi, J.: Einbruch in die Freiheit;
Talks in India 1948-1950 - auf Französisch:
De la Connaissance de Soi

Laotse: Das Tao Te King

Lem, Stanisław: Solaris

Levin, H.: Heart to Heart; God Chances - Englisch -
Begegnungen mit Sathya Sai Baba

Mann, T.: Joseph und seine Brüder

Markides, K.: Der Magus von Strovolos; siehe *Daskalos*

Mazzoleni, M.: Wer ist Sai Baba? - Ein katholischer
Priester trifft Sai Baba

Mittelsten-Scheid, D.: Auf dem Weg des Schweigens;
Stille in einer lauten Welt/ In the Mirror of Silence

Murphet, H.: Sai Baba und seine Wunder

Reich-Ranicki, M.: Mein Leben

Sai Baba, S.: Sadhana; Strom des Friedens;
Upanishad Vahini - Das Wissen vom Sein;
Prema Vahini - Weg der Liebe

Sandweiss, S.: Der Heilige und der Psychotherapeut;
Göttlich durch Liebe - über Sai Baba

Shankaracharya, A.:
Tattva Bodha - Die Erkenntnis der Wahrheit;
Viveka Chudamani - Das Kleinod der Unterscheidung

Steindl-Rast, D.: Die Achtsamkeit des Herzens

Tagore, R.: Indische Weisheiten für jeden Tag

Thich Nhat Hanh.: Mein Leben ist meine Lehre;
Der Tag, auf den Du gewartet hast, ist heute.

Werfel, F.: Der Stern der Ungeborenen

Wilber, K.: Mut und Gnade; Einfach Das

Yogananda, P.: Autobiographie eines Yogi

Yukteswar, G.: Die Heilige Wissenschaft

Advaita
Nicht-Zweiheit

none

Love is none and Love is all,

Love is great and Love is small;

fairy-wing and tiger tall:

Love is none and Love is all.

zwei

Gott ist groß und Gott ist klein,

Gott ist stark und Gott ist fein;

Tigerblick und Elfenbein:

Gott ist groß und Gott ist klein.

Om Shanti Shanti Shanti